o outro das flores

ernesto stock

Graças a Xangô, a Kawabata e a Dreza

para Sérgio Calille

... vai ver até
que essa vida é morte
e a morte é
a vida que se quer...

Refém da solidão
Paulo César Pinheiro e Baden Powell

os pássaros

Que lua, que flor
nada, bebo umas doses
aqui sozinho.

Matsuo Bashô, 1688

1.

Ele abria o bar todos os dias do ano. Menos no Natal. O feriado poderia ser descrito como o "dia da espera". Esperava, com a cabeça afundada entre os ombros, o esmaecer da estrela guia, para reabrir o estabelecimento, que também era sua casa, e mergulhar na mesmice que o confortava.

O bar ficava no centro da cidade, entre a estação ferroviária e dezenas de comércios populares. O ambiente, frequentado por bêbados inveterados e prostitutas combalidas, segundo adjetivações do primogênito, um doutor que sempre vestia um jaleco branco impecável, era a justificativa perfeita para que os parentes não o visitassem. Com o bar fechado, boa parte das desculpas expirava. A dificuldade em encontrar justificativas para a ausência, associada ao sentimentalismo católico, estimulava os samaritanos a consumarem sua fração anual de altruísmo.

Entre os especiais da televisão e os fogos de artifício que ele detestava, os familiares chegavam, falavam, respondiam, bebiam e o aconselhavam. Mas aquelas presenças não contribuíam para que o tempo passasse mais rápido. Promoviam o efeito inverso. Esgarçavam o tempo até o limiar de seu rompimento, embora nunca o rompessem. E todo aquele mais do mesmo o torturava: as luzes, a comida, o calor do verão úmido, o cheiro dos assados e os presentes equivocados.

Em seus votos natalinos, de olhos fechados e pescoço enterrado no tronco, subvertendo a lógica das orações decoradas, ele só desejava que todos desaparecessem, que aquele dia de merda acabasse o mais rapidamente possível e que ele pudesse, novamente, ser dono de seu não tempo.

2.

Os presentes equivocados eram o ápice do seu desconforto. Recordava-se da cueca vermelha que ganhara de presente da nora. Só podia ser uma piada. Há mais de sessenta anos só usava cuecas brancas. Ficou ali imóvel, com a cueca na mão, enquanto todos o inspecionavam. Cogitou atirar a cueca na cara do filho. Mas não. Agradeceu, constrangido, e sofreu imaginando-se semidespido, resguardado apenas por aquela peça escarlate, escrutinado pela casta família católica chefiada pelo doutor todo de branco.

No Natal seguinte, foi flagrado pela nora, em cima de um alto banco de madeira, adiantando os ponteiros do relógio da cozinha. O susto fez com que se desequilibrasse. Pretendendo evitar a queda, apoiou-se no armário. Com o impacto, um conjunto de três caldeirões caiu estrondosamente. A nora gritou. Antes que ele alcançasse o chão, toda a casta família já se postava a sua frente, condenando sua irresponsabilidade. Permaneceu sobre o banco, imóvel, novamente ultrajado. Essa merda de bateria, gaguejou com a voz trêmula. Ganhou um relógio novo. Bateria infinita. Para que não se expusesse mais a riscos desnecessários.

O relógio novo, de bateria infinita, funcionou menos de um mês. Há anos marcava o mesmo horário sobre o fogão. A imobilidade dos ponteiros só o incomodava quando ele recebia as visitas.

3.

Foi no Natal de 1988, ano de nascimento de seu segundo filho, que ele arquitetou o método que amenizaria o desconforto característico do "dia da espera". Recorreria a ele em todos os natais seguintes. O método consistia em projetar o envelhecimento daqueles rostos para o próximo encontro.

Imaginava as rugas no canto dos olhos, a calvície, as dentaduras mal dimensionadas. A velhice que tanto o incomodava no espelho convertia-se em prazer quando observada nos outros. Segundo suas previsões, a nora deteriorava-se tanto de um ano para outro que, em breve, se transformaria em um fóssil.

Tão logo todos iam embora, ele abria a porta precária que separava sua casa do bar. Uma placa pregada no batente, onde se lia "residência", em letras amarelas, indicava a fragilidade daquele limite. Passava o que sobrava da noite de Natal atrás do balcão, anotando em uma caderneta suas previsões de envelhecimento. As palavras eram implacáveis. Inclusive com o filho primogênito, que, ainda que não percebesse, ou fingisse que não, ficava cada vez mais parecido com ele.

Recuperava-se da dignidade ferida deleitando-se com seus vaticínios. Escondia a caderneta em cima do armário do quarto e só voltaria a abri-la dali a um ano, exatamente.

4.

E, finalmente, a monotonia. Os dias se repetiriam. Acordaria às cinco da manhã, colocaria a água para ferver, caminharia até a banca de jornal, voltaria no exato momento em que a água começasse a ferver, passaria o café, leria o jornal. Os bem-te-vis que nidificavam no forro cantariam pontualmente. Abriria o bar pontualmente às seis horas da manhã. Ao meio-dia, fecharia brevemente a porta para o almoço. O resto do dia, permaneceria atrás do balcão de mármore.

Apesar de envelhecida, a exuberante pedra branca, de cerca de cinco metros, era o seu maior orgulho. Não que o acabamento luxuoso tenha sido sua escolha, uma extravagância. Nem que ele tenha dedicado algum tempo para escolhê-lo. Isso nunca. Já estava ali quando comprou o bar. E só percebeu sua beleza quando a contemplou pelo lado de dentro. Das muitas vezes em que esteve ali, antes de ser proprietário, não a percebera. E agora era dele, simples, sem desejar. E se não quis antes, queria agora. Concluía vaidoso que, provavelmente, a peça tinha vindo da Itália, de navio, e, já que estava ali sem que ninguém tivesse pedido, poderia se orgulhar impunemente.

Três dias de propriedade foram suficientes para que percebesse três minúsculos veios dourados incrustados entre os desenhos sinuosos da pedra. Ouro, indiscutivelmente. Bem ali, na sua cara, no seu balcão.

5.

Encontrar um tesouro não era algo corriqueiro. Especialmente, sem precisar procurá-lo, tampouco desejá-lo. Sequer sabia ao certo o que era um tesouro. A descoberta descompassava aquele decorrer dos dias iguais. E aquele dia tornou-se especial por dois motivos: o tesouro sem desejo e o último dia em que Ganso bebeu.

Evidente que não se tratava de eventos independentes. Se o desejo se ausentava quanto ao tesouro, a excitação em compartilhar a descoberta era imensa. Esperou que os outros chegassem. Os outros que nem eram, se, mesmo quando outros, eram iguais. Galo, Coró, Gibão e Chupim. Também eram donos daquele tesouro. Ganso pigarreou, projetou o pescoço para a frente, bateu os dedos sobre ele. Vocês não sabem. Só agora que me dei conta. As palavras cuspidas. Ouro, quem diria! E quem diria que não? Comemoraram. E beberam, ajustados ao inusitado.

Ganso abaixou a porta por volta das onze horas da noite. Empilhava as cadeiras quando sentiu a vista embaçar e desmaiou. Dolores, que já estava dormindo, escutou um barulho e correu para o bar. Encontrou o ex-companheiro estatelado no chão, entre as cadeiras espalhadas. Ganso foi recobrando a consciência. Deu de cara com ela de olhos esbugalhados. O que você fez? Que merda!

Ele nem tinha bebido tanto assim. Apesar de beber todos os dias, era um homem de hábitos rígidos, contava quantos copos ingeria mesmo no auge da bebedeira. Sempre sabia o quanto aguentava. O quanto presumia aguentar. A rigidez do costume, na maioria das vezes, era responsável de que aquilo que não estivesse bem fosse repetido infinitas vezes antes de desfechos mais trágicos.

Mas a tragédia, independentemente do desejo, sempre vence. Recebeu com resignação o resultado dos exames que indicavam a causa do desfalecimento. A glicose extrapolava todos os limites. Se não podia mais beber, assim seria. A disciplina exercia papel de virtude indiscutível. Não era uma escolha, era uma obrigação.

Teve medo de ficar cego. Seus olhos eram azuis, e ele sempre os arregalava enquanto conversava. Soube de um amigo que ficou com os olhos brancos devido ao excesso de açúcar no sangue.

No primeiro dia de abstemia, todos estranharam. Mas ninguém perguntou nada. Perguntas que revelassem algum grau de intimidade eram consideradas uma ofensa. Inevitável que deduzissem os motivos. Bastava. O cotidiano se encarregaria de transformar a novidade em corriqueira. Se não bebia mais, seguramente tinha seus motivos. Assim como quem bebe.

6.

À exceção da abstinência forçada e do adoçante no lugar do açúcar, o andamento dos dias retomou seu compasso em menos de vinte e quatro horas. Continuava lendo o jornal na mesma sequência. Caderno de esportes, cidades e o obituário. Era raro que não conhecesse ao menos um dos mortos. Os mortos exerciam um papel fundamental na rotina. Fechou pontualmente para o almoço. Foi justamente nesse intervalo que os homens da prefeitura, que interfeririam em definitivo naquela rotina, apareceram pela primeira vez e deram de cara com a porta fechada.

7.

A escova de dentes do proprietário ficava no banheiro que todos frequentavam, muitas vezes por dia. O conjunto de cuecas brancas flamulava impunemente no varal. Era Dolores quem as continuava alvejando. Quaradas. Mais alvas que a roupa do enteado doutor. Ganso nunca demandara, nem ela se obrigaria. Quando se separaram, construíram uma parede no meio da casa. Dividiram-na em duas. Cada um na sua casa, que era a mesma.

8.

A chegada de Gibão carregava algo de apoteótico. Ele arrastava discretamente uma das pernas. O desarranjo, que poderia ser interpretado como hesitação, neste caso, agregava um magnetismo distintivo. O fascínio era amplificado pelas camisas de seda floridas que costumava usar, balançando ao ritmo do descompasso. Com um gesto hiperbólico, seguro de sua aparição consistente, saudou Ganso à distância. A mão, pendendo na extremidade do braço, alcançava o joelho.

Era possível antecipar sua presença. Como tinha o hábito de mascar dentes de alho, o cheiro o precedia. Sentava-se sempre na mesma cadeira; a que ficava mais perto da pesada porta de ferro era dele. De costas para a rua, de frente para a porta que dividia a casa do amigo do bar. Havia quem confiasse que se sentar de costas para a porta era arriscado. Ele não se importava. Uma facada entre as omoplatas contribuiria para consolidar sua reputação.

Chupim o esperava impaciente para o jogo de tranca. Distribuiu as cartas antes mesmo que o amigo se acomodasse. Gibão organizou-as com agilidade, da maior para a menor, assim como fazia com o dinheiro. Sempre carregava um maço de dinheiro no bolso de sua camisa. Na feira, onde era proprietário de cinco barracas que comercializavam frutas e hortaliças, conheciam-no como “o homem do bolso pesado”.

Celeste irrompeu da porta estrategicamente vigiada e atravessou o salão em direção à rua. A saia de algodão ressaltava a musculatura vigorosa das nádegas, que ameaçavam rasgar o tecido a cada contração. Apressada, desapareceu no meio do trânsito.

O efeito de sua passagem foi imediato. Chupim perdeu-se na conta. Galo cacarejou, Dolores disfarçou. Gibão descartou errado, comprou mal, entregou uma canastra de graça e, mesmo que tentasse fingir, não conseguiria. Belo motivo para uma facada nas costas. Perdeu. Retirou o dinheiro do bolso da camisa sem olhar para a frente. O que vem fácil vai fácil. Culpou o azar. Quando começa assim, é melhor parar. Hoje não é meu dia. Ninguém se olhava. Ele deu o último gole no uísque. Um gole de meia dose. Secou a barba com a camisa. Engoliu um dente de alho inteiro. E assim, de repente, também desapareceu pela rua.

9.

Celeste era filha do primeiro casamento de Dolores e dividia a casa com a mãe. Aquela mesma casa dos limites frágeis. A residência. Secava suas calcinhas no banheiro, desde que algumas desapareceram misteriosamente do varal. As cuecas velhas ninguém roubava. Aquele monte de velho tarado.

10.

A glicose exorbitante exigia que algumas medidas impreteríveis fossem tomadas. Importante que fossem exatas, para não denunciar a gravidade da situação ou a densidade da preocupação. O pior era ficar cego e perder o pé. Deus me livre. E conhecia um monte de gente, ou gente que nem mais era, que tinha se fodido. E o pé vivia cheio de micoses, unhas encravadas, todo torto.

Aconselhado pelo feirante, Ganso recorreu aos serviços de uma pedicure. Ela o atendia no bar, às sextas pela manhã. Ele morria de medo de se machucar enquanto cortava as unhas.

Na terceira visita, ela arrancou um pedaço do seu dedão com o alicate. Ele ficou louco, xingou. Porra, pagava aquela merda justamente para que aquilo não acontecesse. O sangue brotava e manchava o ladrilho.

A pedicure, que aguentou de susto os primeiros insultos, reagiu proporcionalmente, assim que recuperou o fôlego. As ofensas de ambos os lados foram se intensificando, a pressão subia, e o sangue jorrava do dedo ferido.

A bem da verdade, que sempre passava longe das impressões por ali e era o que menos importava nesses casos, ele usava bem pouco os pés nos últimos anos. A caminhada diária não ultrapassava duas quadras, até a banca de jornal. Passava o resto do dia apoiado no balcão, sentado ou dormindo. O grande contratempo em perdê-lo era a vaidade. Perder o pé, definitivamente, era uma merda. Ainda mais em uma situação tão besta quanto aquela. Mas a possibilidade de ser tratado como um velho, incapaz de andar sem ajuda, era o que lhe causava verdadeiro horror. E esse monte de especulações, antes da dor, o transtornava. Justificava, e quem poderia julgar, tendo os dois pés e ainda podendo cruzá-los enquanto elencava os motivos de uma possível crucificação, que os insultos não se restringissem à avaliação objetiva da qualidade do trabalho da pedicure.

Ela, por sua vez, que dispunha de dois pés saudáveis e sequer julgava grave o pequeno bife que arrancara, considerava que qualquer insinuação não relacionada a sua função profissional ultrapassava os limites do aceitável. E respondeu na medida. Se ele não tinha idade e nem saúde para cuidar dos pés que apodreciam, que esperasse deitado que caíssem.

A gritaria chamou a atenção de Dolores, que deixou de descascar as batatas do almoço, sim, ela também cuidava do almoço, para se inteirar do que acontecia. Ao ver Ganso acuado, com o pé machucado, partiu para cima da outra. Gritou, piorou, ofendeu e teve de ser contida pelo ex-companheiro para que não avançasse na mulher.

O que mais nos chama a atenção é que Dolores também já prestara serviços naquele bar e conhecia de perto o potencial destrutivo das ofensas, os limites frágeis e as armadilhas da cordialidade; imaginava-se, portanto, que se solidarizasse com a pedicure, ou, ao menos, minimizasse os impropérios. Mera ilusão ou ignorância. Dolores determinara que o pai do seu filho era e seria sempre pai do seu filho. E, apesar de ser ex-companheira e ex-funcionária, sabia bem que não existiam ex-pais. E ninguém podia faltar com o respeito com um pai de família dentro de sua própria casa. Da sua própria casa.

11.

Após expulsar a pedicure, Dolores olhou para aquele pai com desprezo. Um desprezo falso, traído pela suavidade da boca e acrescido de um toque de comicidade. Puxou uma cadeira e mandou que Ganso se sentasse. Ele obedeceu e esperou imóvel até que ela voltasse com o iodo, a pomada, a gaze, o esparadrapo.

Que ótima ideia colocar essa vagabunda para cuidar desse pé podre. Só podia dar merda. Você não se lembra? Deixa de ser idiota! O Garça perdeu o dele, ficou preto, teve de cortar.

12.

Difícil precisar o que define uma casa. Se uma casa é composta de divisórias, entre as quais as paredes são as mais comuns, não seria a construção de mais uma que a descaracterizaria. Por outro lado, se o que divide uma casa de outra é um muro, que também é uma divisória de alvenaria, bem que poderiam ser duas. O que podemos concluir, portanto, é que um muro e uma porta separavam as duas casas, que eram a mesma.

O bar, então, ocupava o espaço do que, hipoteticamente, seria a sala. O único espaço que o casal que não era e seria sempre compartilhava com alguma impunidade. Se havia dúvidas sobre os limites, os muros, as paredes, havia a certeza do bar. Mesmo se o que o separava da casa fosse apenas uma porta. Testemunhas garantiam que aquele convívio não devia ser confundido com intimidade. Mesmo as cuecas lavadas. Qualquer lavadeira lavaria cuecas sem que fosse incriminada por isso. Fossem as cuecas de quem fossem.

13.

Os homens da prefeitura insistiam em golpear a porta sempre no mesmo horário, sem sucesso. Ganso sequer imaginava quem fossem e não desconfiava o quanto aquelas visitas, em breve, tumultuariam sua rotina sagrada. Mas os homens não desistiam. Tentaram, inclusive, naquela sexta, depois da gritaria, do curativo e das involuntárias revisões sentimentais.

Ganso ouvia as batidas e não se movia. Foda-se, isso não é hora. Nenhum constrangimento em não responder. Os outros que se virassem. Só se incomodava porque os pássaros, que agora viviam sobre seus ombros, no forro, em todos os lugares dentro do bar, que já não eram mais só os bem-te-vis da alvorada, se alvoroçavam.

Aguardou até que o relógio marcasse a hora exata de reabertura. Arrastou o pé machucado até a pesada porta de ferro e atirou-a para cima com toda a força que acumulara durante o descanso. Um pássaro caiu na soleira. Agonizante. A porta cada vez mais pesada. Um pardal. Ganso atirou o corpo quente no lixo.

14.

Sem poder contar com a ajuda do companheiro ferido, Dolores desdobrou-se naquela sexta, o dia mais movimentado da semana. Todas as sextas ela cozinhava. Ele ajudava a descascar o alho. Deixava os dentes de molho no dia anterior. As cascas descolavam com facilidade. As despesas eram divididas entre todos os presentes, e a mão de obra era de boa vontade. Havia quem insistisse em recompensá-la pela gentileza com algum dinheiro. Ela aceitava. Não que intencionasse receber e houvesse uma premeditação, mas apreciava a gentileza e o costume. Quando alguém esquecia, ressaltava a falta da gentileza, nunca do dinheiro.

15.

No piso superior da antiga rodoviária, distante cerca de meio quilômetro da estação ferroviária central, funcionara, há cerca de trinta anos, um cassino. As estações eram conectadas por uma rua comercial movimentada, exclusiva para pedestres. Apesar de conhecer todas as lojas da região, mesmo as que já não existiam há bastante tempo, Dolores nunca estivera no antigo cassino. Mas gostava de imaginar, enquanto escutava as histórias sobre o famigerado salão de jogos e seus personagens lendários, que o lugar devia recender à sua comida. Quando soube de um famoso policial rodoviário que enriqueceu jogando e passava dias sentado à mesa alimentando-se de sopa, concluiu que não podia ser outra que não seu caldo de carne com salsão. Às sextas, enquanto cozinhava no bar, distraía-se fantasiando que serviria o policial.

16.

Também era na sexta que outro fabuloso personagem aparecia. Não se sabe ao certo se era uma recordação, muito menos de quem, ou se era de carne e osso. Um japonês franzino encostava a bicicleta na frente do bar, às sete horas em ponto. O bagageiro entulhado de tralhas de pesca. Cheiro de peixe. Com uma lanterna na cabeça. Sempre acesa. Passava alguns minutos examinando os ladrilhos hexagonais do chão.

17.

Gibão era quem mais ficava instigado com a presença do velho japonês. Quando começou a trabalhar na feira, aos 12 anos, carregando caixas, logo no primeiro dia de trabalho, deu de cara com um velho japonês desfilando de quimono entre as barracas. Nunca mais esqueceu. Um samurai. Agora aparecia outro. Igualzinho. Só que não acreditava mais em samurais.

Mas a sabedoria dos orientais era indiscutível. No centro da cidade, existiam alguns templos japoneses. Aqueles dragões todos. Todo mundo sempre passava na porta. Nunca se via ninguém. Nem no domingo. Aquele senhor devia ser um padre, pastor, alguma coisa assim. Apelidou-o de Fu Manchu. Ainda que o personagem escolhido para identificar o velho fosse chinês. As nacionalidades eram menos importantes que as fantasias.

18.

O que diferenciava uma casa de um cassino, um salão de jogos ou uma agência imunda do jóquei-clube era quem a recordava. Ganso recordava-se de um músico anão e de um policial rodoviário careca que passava dias sentado à mesa de jogo, sobrevivendo à base de sopa. Um cara enorme, estilo Yul Brynner, mas que vivia com um sorriso na boca. Ficou rico jogando. Não encontrou com o policial na única vez em que esteve no cassino. O músico anão, que tocava em um programa da TV Record, não parecia tão pequeno sentado no banco de madeira. Um banco alto, de balcão de bar. Bem parecido com os que quase ninguém usava no seu salão, que também era de jogos e era casa. O cheiro da sopa também era parecido com o do cozido da Dolores.

Lembrava de Dolores cozinhando para o policial careca, mesmo ela afirmando nunca ter estado lá. Nas paredes do cassino, dezenas de gaiolas espalhadas. Durante os dias de sol, a cozinheira enfileirava as gaiolas no parapeito da varanda que circundava o prédio, para que os pássaros tomassem um pouco de sol e ar fresco. Quem passava pela rua enxergava um estranho muro de gaiolas e um canto misturado, que nem era mais canto.

19.

Enquanto Fu Manchu examinava minuciosamente os complexos encaixes hexagonais, Ganso lhe servia uma dose de carqueja, sem que o japonês pronunciasse uma palavra. Nunca ouviram sua voz. Não se lembrava como sabia que o velho gostava de carqueja. Deve ter falado, apontado, sei lá. Em português? Porra, se não se lembrava, como iria saber em que língua? Deve ter sido português, se fosse japonês, não entenderia. Nem existia carqueja no Japão. Deve ter pedido um saquê e você serviu essa merda amarga, ria o feirante. Quase matou o velho, continuava. No final, deu certo. Ele tomava em um gole. E ainda levava uma garrafa de plástico cheia para casa. Deve morar no sítio, sei lá. Deve ter umas ervas japonesas, dessas que ninguém conhece. Devem ser as mesmas ervas com outros nomes.

20.

Gibão recebeu um telefonema. Contestou a chamada com três sílabas abafadas. Retirou do bolso da camisa um maço de dinheiro. Apoiado no balcão para pagar a conta, percebeu que o pé do amigo sangrava. O curativo vermelho. Que merda é essa? Aquela maldita pedicure. A que você indicou. Arrancou um pedaço do meu dedo. Puta que pariu. Que merda, nunca aconteceu nada comigo. Tem de cuidar bem, um perigo. O Garça se deu mal, lembra? Além do curativo e do repouso, o segredo é babosa e guaçatonga. Vou trazer amanhã.

A partida repentina do feirante antecipou o final do carteado daquele dia. Já nem tão inesperada assim. Acontecia com frequência nos últimos meses, sempre antecedida de um telefonema. Todo mundo percebia. Uns até apostavam.

Coró foi o último a ir embora. Levou um puta susto quando foi jogar um bilhete de loteria no lixo e deu de cara com o pássaro morto. Puta que pariu. Só faltava essa. Daqui a pouco essa merda vai começar a feder aqui. Deve estar cheio de piolho. Pardal é foda. Pior que pombo. Os caras estão derrubando um monte de árvore por aí. Cortaram umas três só hoje. Acho que deve ser por conta dessa história do viaduto. Daqui a pouco vão encher seu saco por aqui.

21.

Na manhã seguinte, Ganso manquejou até a banca de jornal. Aproveitou a oportunidade para atirar o pássaro morto em uma caçamba de entulhos que haviam estacionado ao lado do muro da estação. Galhos, troncos e terra ocupavam todo o espaço do seu interior. Filhos da puta.

Dormiu muito mal. Os ditos pela metade sempre permitem recorrer às interpretações convenientes. Não funcionou naquele caso. Podia ser verdade. Que porra de viaduto. O trânsito piorara muito. A cidade crescia e não suportava mais as cancelas. O número de trens aumentava. O intervalo entre eles diminuía. E o bar ficava bem perto da estação, na passagem mais movimentada da cidade.

Por outro lado, a incerteza também era confortável. Assim como tudo que acontecia naquele mundo, quando não se falava mais em alguma coisa, ela deixaria de existir. Era importante que o assunto morresse antes de ganhar um corpo. Foi assim com a outra mulher. Depois que Ganso saiu de casa, nunca mais falou dela. Nem passou na porta, a antiga casa sempre dele, que ficava a alguns passos do bar. Foi o suficiente para a casa e a mulher desaparecerem. E que a casa deixasse, inclusive, de ser uma casa.

22.

Infelizmente, os sonhos não seguiam a mesma lógica de esquecimento, e suas reminiscências o azucrinavam. Sempre o mesmo pesadelo de merda. Seu cadáver desfigurado, sem os olhos, desfilando pela cidade em cima de um caminhão do corpo de bombeiros. Rodeado de pássaros. Uma multidão acompanhava o cortejo. Todos com a cara do seu filho mais velho. Que era a sua cara quando mais novo.

23.

Dolores ia todos os dias ao supermercado. Deixava, deliberadamente, que sempre faltasse alguma coisa, só para poder sair de casa. A localização central da sua casa-bar favorecia que chegasse a muitos deles caminhando. Procurava não repetir o mercado do dia anterior. Nem que pagasse mais caro. Escolhia sempre o caminho que passava pela linha de trem. Mais movimento. As casas antigas e repletas de história transformando-se em ruínas. A maior, com fachada toda avarandada, teria pertencido a alguém famoso, um procurador. Ela nem sabia o que isso significava, mas, como todo mundo falava, gostava de imaginar a figura imponente fumando em uma das janelas. Um homem que em nada parecia com ela. Era branco, alto, excelente dançarino.

As varandas, agora, sustentavam-se por milagre. A estrutura da casa do homem importante que ninguém sabia muito bem o que fazia, porque quem repetia a história não sabia e nem tinha coragem de perguntar o que era um procurador, estava coberta de rachaduras. Um caibro grosso escorava uma das marquises. O imóvel histórico agora abrigava um hotel frequentado pelas prostitutas que trabalhavam na praça da estação.

O resto dos imóveis da privilegiada vizinhança do passado não gozou a sorte das noites movimentadas e dos encontros secretos. Condenados a não lugares, foram privados da energia das paixões e da violência. Expunham sua decomposição vagarosa em estacionamentos entupidos, lojas de inutilidades e igrejas à beira da histeria. Ganso evitava olhar para o outro lado da praça quando ia à banca.

24.

Dolores passava bastante tempo observando as fachadas destruídas. Incapaz de lembrar de algo referente ao seu passado, preenchia o espaço vazio com o que quisesse e fizesse sentido. As composições variavam conforme o humor. Poderia ter sido amante do procurador. Quando nova, o trabalho transformou seu corpo em uma escultura. Ela se orgulhava e sabia disso. Subia e descia escadas, carregava baldes e limpava o chão, consolando-se com o efeito que o esforço esculpiria em sua anatomia. As formas firmes e arredondadas.

Ao retornar do mercado, encontrou a filha no quarto, trocando de roupa. Comparou o seu corpo com o dela. Ela devia se cuidar mais. Na idade dela, eu não tinha essa barriga. Ela não devia se vestir daquele jeito. Ela percebia os olhares disfarçados quando a filha atravessava o salão. Afinal, aquele era um bar frequentado por homens, quase todos casados.

25.

Os trens chegavam e saíam vazios aos domingos. Um passageiro dormia embriagado com a cabeça batendo na janela do primeiro vagão. Ia e voltava inúmeras vezes, sem que ninguém o acordasse. Todos os fins de semana na mesma janela. Ganso o vira pela primeira vez há vinte e sete anos.

Ganso demorava uma hora a mais para sair da cama. Acordar, não tinha como. Vasculhava o silêncio à procura do que fazer. Arrastava os pés no escuro. No caminho até o banheiro, centenas de caixas de sabonete. Sempre que ficava sabendo de uma promoção, mandava que alguém, no caso sempre o mesmo alguém, comprasse dezenas. Sabonetes daquela marca hidratavam a pele ressecada. A busca pelos sabonetes hidratantes baratos transformara-se em uma obsessão. Lavava o rosto incontáveis vezes. Gastava bastante tempo esfregando ao redor dos olhos. Conhecia cada detalhe da íris, seus subtons, pequenas manchas, variações do brilho.

Apesar da barba escassa e dos perigos de um novo ferimento, insistia em barbear-se diariamente. Manipulando com cuidado uma gilete para pele sensível, percorria a cara e o pescoço. Com o devaneio de ser sempre o mesmo rosto barbeado, um rosto que não envelhecia, o rosto do filho, atravessava a praça barbeado e reclamando sozinho da sujeira.

O que acontecia no espaço e no tempo em que o bar estava fechado era como uma reportagem de televisão. O assunto do jornal de um país que só existia no jornal. Conhecia a praça vazia, iluminada pelo sol do amanhecer. Outros lugares, mesmo a praça durante a tarde, ele chegava a duvidar que existissem. O que lhes dava vida era o seu olhar. Às vezes, via outros lugares que não existiam em programas de televisão. Vistos de cima, do ponto de vista de um balão. Nem acreditava que os balões fossem capazes de transportar pessoas, quanto mais países. A altura encarregava-se de achatar as paisagens e sumir com as pessoas. Os lugares que não existiam eram mais seguros. Nunca vira um roubo de dentro do balão.

26.

Naquela manhã, mesmo sozinho, fingiu não procurar no jornal notícias referentes ao viaduto. Não encontrou nenhuma nota. Tomou mais um gole de café frio. Esperou que Gibão chegasse para a última partida de cartas daquele domingo. O trânsito diário na feira garantia que o feirante estivesse sempre bem-informado, principalmente aos domingos, quando a feira ficava lotada. Desfilava entre a multidão de conhecidos de camisa aberta, uma medalha de Jesus Cristo pendurada no peito. O relógio dava voltas no pulso. A popularidade beirava a ironia. E aí, como vai? O que tem feito?

O feirante chegou atrasado. Porra, não tem mais lugar para parar o carro por aqui. Trazia embaixo do braço um maço de plantas. Tem de fazer um chá, passar no machucado. Vê se cuida dessa merda. Não parava de balançar os braços. Um pêndulo gigante. Lembra o que aconteceu com o Garça. Não fica dando mole. Quando acabar essas, você me avisa.

Sentou-se de costas para a rua. Chupim o aguardava, impaciente.

Um uísque. Dois dentes de alho. Outro uísque. O bolo de dinheiro crescendo no bolso da camisa. O vendedor de bilhetes de loteria que passava todos os dias pelo bar nunca perdia viagem. O feirante nunca dizia não. O menino precisava, justificava. E quem sabe? Gastou todo o dinheiro que havia ganhado na tranca comprando mais dois bilhetes.

Quando Gibão se aproximou do balcão para pagar a conta, Ganso puxou conversa. Porra, você sabe. Cortaram umas árvores na praça. Sei lá por quê. O trânsito está uma merda. Você não tem percebido? Disseram por aí que estão pensando em reformar o centro, modernizar. O feirante em silêncio. O celular na mão. Ganso interpretou a indiferença como ausência de informação. Ele não sabia de nada. E, se ele não sabia, estava na cara que era um boato. O telefone do feirante tocou, e ele atendeu com pressa. Respondeu com um "estou indo". Mas é isso, cuida desse pé. Tenho que ir. Um problema para resolver. Essa coisa de derrubarem árvores é foda. Duas vezes ao dia. Quando acordar e antes de dormir. Saiu atordoado, sem se despedir de ninguém. Dolores atirou as cartas sobre a mesa.

27.

Apesar do perfil espalhafatoso, o feirante era discreto em relação a sua vida particular. Inutilidades monopolizavam os assuntos, e as particularidades eram repelidas com piadas ou desconversas espirituosas. Sabiam que era casado. O resto da história bem pouca gente sabia. Ganso estava entre os poucos. Conhecia a esposa do feirante desde que o casal se assumira. Acreditava que Esperança era uma espécie de santa que não saía de casa. Não podia imaginá-la envelhecida. Por mais que tentasse e fosse um especialista nisso. Só conseguia imaginá-la jovem, imóvel em uma cadeira, rezando, com um véu de santa.

Se a encontrasse, não a reconheceria. E, se alguém dissesse, duvidaria. O enredo das santificações é sempre triste. Santa Luzia, Lúcia, arrancou os olhos para honrar sua promessa. São Sebastião foi morto a flechadas. São Lourenço foi assado em uma grelha e orientou o ponto da carne. Nosso caso não é diferente. Esperança acordava às duas da manhã aos berros. Limpava a casa até esfolar as mãos.

Gibão cuidava dela com todo o carinho que conhecia. Levou-a ao médico, dava remédio. Mas os gritos continuavam. Durante a noite. Um pouco antes de ele sair para trabalhar. Ela dormia durante as tardes. Ele levava comida pronta para casa. Esfirras e sanduíches. Ele comia fora. Na estrada. No resto do dia, mastigava alho cru. E bebia.

28.

Demorou uma década para Gibão perceber que alguma coisa estava errada com a companheira angelical, quinze anos mais nova e de olhos de um azul transparente. Ele sempre saía de madrugada para trabalhar e voltava bêbado, trazendo a comida. Ela comia, tirava a roupa dele com cuidado e tomavam banho juntos. Um dia, quando chegou em casa, ela tinha posto fogo em todas as roupas. Estava nua, ajoelhada no chão da sala, arrancando os cabelos. Ele correu para abraçá-la. Foram horas até que ela se acalmasse. Refeito do susto, comprou roupas novas e não deu muita importância, acontecia. Um ano depois, ela jogou fora todas as panelas e encharcou os colchões, as almofadas, as roupas de cama, os sofás e tudo o que podia com dezenas de litros de desinfetante. Por pouco não morreu intoxicada. Teve de ir para o hospital. O único domingo em que o feirante deixou de ir à feira em dez anos. Ela foi encaminhada para a psiquiatria. Permaneceu sedada por uma semana. Depois da alta, nunca mais deixou de tomar remédios e consultar semanalmente um médico. Particular. Ele fazia questão. Os olhos azuis e transtornados de Esperança o impressionaram muito. Ela andava pela casa, mesmo curada, carregando uma garrafa de desinfetante. Ele fingia que não ligava e trazia esfirras. Ela comia com um guardanapo. Não tinham mais talheres.

O colar de ouro com a imagem de Jesus foi um presente dela. Antes do casamento. Ela achava horrível, mas sabia que ele adorava. Ele apostava sua fé no hábito. Beijava a medalha muitas vezes ao dia, benzia-se três vezes em frente à igreja. Voltava quando esquecia. A fé foi aumentando com a crise. Até pagava para que rezassem por ele. Existia certa semelhança entre a figura que carregava no pescoço e sua própria imagem. Chegavam a brincar. O homem anda com a imagem dele mesmo no peito.

29.

E o domingo em que Gibão não apareceu na feira por pouco não deixou de ser domingo. O susto foi tamanho que, pela primeira vez na sua vida, se arriscou a chorar fora do carro. Quando chorava, escondia-se dentro do carro. Dessa vez foi diferente.

Quem teve a honra de presenciar o choro de quem nunca chorava foi a Celeste. Gibão estava nu, de costas na cama, com a barriga monumental caindo para a direita, o pênis encolhido entre a flacidez e a gordura. Mas nem sempre era assim. Quando não chorava, aparentava muito menos adiposidade. O que, até aquele dia que nem bem podia ser chamado de domingo, era a regra. O pênis latejava como o de um garoto.

Mas não foi a flacidez que a incomodou naquela cena. Foi a ausência do movimento. Que chorasse, sacudisse os braços, o saco murcho. Não estacasse feito uma estátua, frágil e resignado. Mais do que a virilidade, que ela recolheria onde quisesse, o que a seduzira no feirante fora a iniciativa. A multiplicidade de soluções de que dispunha para resolver qualquer problema fazia parte do melhor da sua personalidade exagerada. Foi pega de surpresa por aquela imobilidade.

Celeste compadecia-se da condição de Esperança. Não deixava o feirante esquecer das esfirras. Rezava para que a outra não sofresse. A santidade que o amante exaltava, mesmo no motel, ainda sobre ou sob o corpo que o satisfazia, foi, aos poucos, apaixonando também a amante. Há de se levar em conta, nessa cena, o prazer que ser casado com uma santa proporciona, a peculiaridade desse prazer, essa santidade digna de reverência e, ainda assim, responsável por orgasmos poderosos. Do jeito que a coisa ia, ela acabaria gostando mais da santa que do devoto. Ele era um canalha. Os dois compartilhavam dessa opinião. Falavam dela como se fosse uma mãe. A repulsa que ela sentia crescia à medida que ele deixava Esperança em casa, desamparada, para encontrá-la.

30.

Ganso acabara de reabrir o bar depois do almoço, as pálpebras continuavam pesadas. Recuperava-se do esforço digestivo sentado de frente para a rua, com o pé machucado apoiado sobre uma cadeira. O pescoço devidamente recolhido. As pálpebras reagiram ao distinguir uma movimentação distinta na calçada. Quatro homens examinavam a rua e faziam anotações. Mediam as fachadas dos imóveis. Desconfiou imediatamente. Só poderiam ser aqueles "filhos da puta do viaduto".

Espantou-se quando os supostos "filhos da puta do viaduto" entraram. Três homens de colete reflexivo, "filhos da puta da prefeitura", não havia a menor dúvida. Passaram ao seu lado e o cumprimentaram por obrigação, sem perder tempo olhando para o seu rosto. Ele esticou o pescoço para a frente, como fazia em casos semelhantes de contrariedade. Sentaram-se na primeira mesa, a que ficava mais perto da porta. A mesa do Gibão. Ganso levantou-se como podia, digestão incompleta, pé latejando, apoiando-se na parede. Assumiu seu posto do lado de dentro do balcão.

Atravessou o salão algumas vezes para servir cervejas. Nenhum dos digníssimos "filhos da puta da obra" se deu ao trabalho de tirar a bunda mole da cadeira e dar três passos para buscar as garrafas no balcão, mesmo percebendo sua dificuldade. "Os filhos da puta sem mãe" sequer olhavam para sua cara, tampouco o agradeciam. Foi-se o tempo em que a falta de educação o incomodava. O que dava azia era a arrogância. Essa não tolerava. Não naquele bar. Que fosse o rei, o papa, a puta que pariu cada um daqueles. Todos eram tratados da mesma maneira, e se tratavam conforme. Pensando o quê? Ele servia sem nenhuma vergonha, era seu trabalho. Nunca servira à espera de gratidão. E agradecimento demais, assim como excesso de atenção, denotava uma conversa sem importância. Quando o assunto era sério, convinha, no máximo, um movimento com a mão no lugar do obrigado. Entendia de conversas sérias e dos códigos da educação mundana. Agora, arrogância não dava.

E a suposta conversa séria dos "filhos da puta de rei na barriga", que ele escutava indignado, aludia ao bairro decadente e às casas velhas tão fáceis de derrubar que não precisava nem de trator. A necessidade de apressar o estudo da viabilidade técnica para que a coisa andasse mais rápido. Nem uma cerveja que prestava se podia comprar por ali. Vão beber na casa da puta da sua mãe, bando de desgraçados. O pescoço projetado. Eles que não podiam sequer enxergá-lo. Ele, que nem existia, sentia pontadas de dores no pé. Deixaram o dinheiro na mesa e desapareceram. Fantasmas filhos da puta.

31.

Ganso tinha o pescoço curto. O hábito de esticar o pescoço para a frente antes de começar uma frase foi adquirido, inconscientemente, depois do apelido. De tanto que o ouvira, incorporara o cacoete. Todos os frequentadores do bar, com exceção das mulheres, atendiam por apelidos ornitológicos.

A origem dos apelidos remonta aos tempos de um famoso personagem da cidade, o Procurador Jardim. Ele saía de casa todas as manhãs, de pijama. Depois de muito esforço desperdiçado, ninguém mais tentava impedi-lo. Desfilava, pelas ruas do centro, com pijamas listrados, de chinelos, carregando uma gaiola vazia. Quando passava em frente ao salão de bilhar, os garotos, todos de sapatos reluzentes, provocavam. Os calçados eram presentes da esposa do procurador. Em retribuição a favores bem específicos. Ele reagia com caretas e palavrões anacrônicos. Os provocadores cultivavam certa simpatia pela figura caricata do velho. No fundo, simpatizavam mais com ele do que com a esposa caridosa. Dizia-se até que ele se fingia de louco para não ter de aguentar a mulher. Afinal, era ele quem pagava os sapatos.

Os garotos assoviavam dezenas de pássaros cada vez que ele chacoalhava a gaiola pela calçada. Competiam pela melhor imitação. A passagem do procurador confundia-se com a alvorada.

Sabiá era o preferido da Dona dos Sapatos. Há quem diga que, e quem saberia se, Dolores também o elegeria. Na falta do procurador, sua fantasia contentava-se com o amante de sua esposa.

E que se fodessem o procurador, a mulher dele e essa porra de Sabiá. De que adiantava? Quem fez o ninho, botou o ovo, caçou e deu de comer foi ela. Ela que picava essa cebola e cuidava da pata daquele Ganso velho. E, naquela sexta, seria ele que serviria sua cerveja.

32.

A linha de trem cruzava a cidade feito o curso de um rio. Precárias passarelas de ferro foram construídas sobre os trilhos, para que os pedestres pudessem circular entre os dois lados da cidade. Os carros amontoavam-se quando eram fechadas as cancelas projetadas para o fluxo automotivo de meio século atrás.

Assim como se amontoavam os restos das composições, dos trilhos e das pessoas que não tinham mais para onde ir quando a linha de trem terminava, a duas quadras da porta do bar. Onde tudo se acumulava, inclusive sucatas ferroviárias. O que sobrava dos vagões enferrujados era transformado em horrendas esculturas futuristas de ferro soldado grosseiramente. Por toda a cidade brotavam gigantes e assustadores bandeirantes prateados, assassinos reluzentes, cavalos empinados e barcos controversos. Um esquadrão de funcionários da prefeitura dedicava-se, diariamente, a polir cada centímetro das obras. O reflexo do sol nos metais era o maior responsável pelos acidentes de trânsito. Das dez da manhã às duas da tarde, no mandato do antigo prefeito conhecido por torturar pessoas dentro do seu gabinete, as mais brilhantes eram cobertas com um tecido roxo para evitar possíveis contratempos.

Na entrada da cidade, na descida da serra, a maior das esculturas, um bandeirante de chapéu e espingarda, ostentava um colar de orelhas, criativamente representadas por porcas e parafusos aproveitados dos trilhos. Orelhas que ele arrancava dos índios, que foram os primeiros habitantes daquela pacata cidade.

Tão histórico como o monumento foi o dia da sua inauguração. Ilustres cidadãos, incluindo o Procurador Jardim, de gaiola em punho, sua mulher, o prefeito torturador, o padre e outras figuras representativas do panteão citadino aglomeraram-se em uma pequena ilha de concreto que dividia as duas mãos da estrada. A estátua colossal foi posta de pé com a ajuda de um guindaste. Dez metros e cinco toneladas. Os caminhões buzinavam. O prefeito, tesoura na mão, excitado para romper a faixa inaugural, jurava que as buzinas eram uma congratulação. A faixa foi rompida entre aplausos e assovios. O procurador importunado. Acreditava que os assovios representassem uma provocação. Vestia um terno com um brasão bordado sobre o pijama. A mulher, escoltada por dois garotos, bem que tentara impedir que o marido levasse a gaiola. Não conseguiu. Quando começaram os assovios, seu rosto encrespou de pânico e vergonha. Homem culto, de relações nobres, inclusive fora da cidade, ele era o responsável pelo discurso inaugural.

A coragem e a civilização. José de Anchieta e a salvação das almas perdidas. Os desbravadores. O caminho para a moralização e o progresso. Recomendou o pai-nosso. Rezaram aos berros, entre as buzinas e o óleo queimado. Gastou toda a oratória tão valorizada nas suas antigas atribuições. A viúva que não era encheu-se de orgulho, apertou com força a mão de um dos filhos. Na hora da consagração, quando todos já estavam com as mãos na boca à espera do beijo que finaliza o sagrado sinal da cruz, ouvia-se muito alto, de dentro de algum dos caminhões, o canto estrondoso de um sabiá. O procurador enlouqueceu e esqueceu de finalizar. Os sorrisos rasgaram-se, discretos e irônicos. O mestre de cerimônias, esperto e prevenido, soltou o hino com o volume mais alto. O "filho da puta" que substitui o "amém" ficou abafado entre os comentários e as mãos no peito, como preveem os bons modos.

No jornal do dia seguinte, uma foto da obra de arte ocupava a capa inteira. Um caderno especial sobre a estátua transcrevia a íntegra do discurso do magistrado, descrevia a trajetória do bandeirante, o currículo do escultor e a opinião de diversos especialistas e intelectuais locais. O jornaleiro já comentava o episódio com o Ganso na madrugada. Sobretudo, o que não estava escrito nos veículos oficiais. No jornal, em cima da mesa do bar, a estátua virara fábula.

Alguns meses depois do discurso, que ficou famoso em toda a região, o procurador foi internado em uma casa de repouso. Morreu anos mais tarde. Abraçado com a gaiola. Dizem que passava os dias xingando todos os pássaros do jardim. E sorrindo. A agora viúva sequer apareceu para se despedir. Não se sabia dos filhos. O mesmo artista responsável pela escultura da capa prontificou-se a modelar uma em homenagem ao ilustre falecido. A troca do prefeito acabou por embargar a obra. Um aviário foi construído na praça em frente à estação. Aviário Municipal Procurador Jardim.

33.

Beber quieto é uma condição de respeito e amadurecimento. O silêncio favorece as interpretações e evita que o álcool o exponha a situações embaraçosas. Entender o que não era dito era condição fundamental para sobreviver naquele bar. Emitir as opiniões necessárias com os olhos. O excesso de opinião era um erro grosseiro de quem não bebia e julgava demais. As sobrancelhas levantadas, um pigarro ou um verso murmurado valiam por mil opiniões. Um conjunto de signos e figuras de linguagem próprios e funcionais. Os julgamentos ficavam para depois e raramente aconteciam.

Quando ouviram o desabafo da Celeste, aos prantos, de dentro da casa, escutaram fingindo que não. E, no julgamento que raramente acontecia, entendiam os motivos e, mesmo sem ter coragem de assumir, talvez fizessem o mesmo. Não devia ser fácil. Uma mulher daquela o tempo todo desfilando na sua frente, na sua casa. Dolores mantinha os olhos nas cartas. Gibão concentrado na próxima jogada. Como não havia outra voz que a contestasse, presumia-se que Celeste falava ao telefone. O tom elevado durou menos de um minuto. Como uma explosão. Foi diminuindo até que desaparecesse.

Ganso, imóvel, do lado de dentro do balcão, contemplava o ouro incrustado na pedra. Já se passara algum tempo desde a visita dos funcionários e não tivera mais nenhuma notícia sobre a história do tal viaduto. O pé só piorava. Baixou os olhos quando Celeste atravessou o salão, apressada. Estava linda e com cara de choro. Um rastro de perfume forte ficou para trás. Perfume de puta, pensou a mãe, enquanto descartava.

o outro das flores

Quero ainda ver
nas flores no amanhecer
a face de um deus.

Matsuo Bashô, 1688

1.

Não tenho pretensão de esclarecer coisa alguma, sobretudo por acreditar que a dúvida é fundamental para a evolução saudável do próprio caminhar, mas, se alguém se propusesse a seguir o misterioso japonês das sextas-feiras, acabaria por desqualificar o adjetivo que o apresentava.

Semanalmente, ele seguia por mais de dez quilômetros até o bar. Bebia, comprava cachaça para levar e voltava para casa reconstruindo o desenho dos ladrilhos na sua cabeça, intrigado em descobrir qual teria sido a primeira peça encaixada, cimentada, o enigma geométrico, sem permitir que a complexidade do raciocínio comprometesse sua segurança. Pedalava desequilibrado, suavemente alcoolizado, mas nunca caía. O corpo compacto encaixava-se na bicicleta, e uma agilidade inabalável compensava os desequilíbrios causados pelo álcool.

Depois de trinta minutos costurando na movimentada estrada principal, virava à direita em uma vicinal sem asfalto e percorria na terra o último par de quilômetros, sem cruzar com ninguém, até que o caminho terminasse em uma represa. Embrenhava-se na mata fechada, entre dois jacarandás. Os duzentos metros até sua casa eram percorridos em uma trilha íngreme e pedregosa. Apagava a lanterna e empurrava a bicicleta morro acima na escuridão. Tinha medo de estar sendo seguido por agentes de segurança japoneses.

No fim da subida, acomodava-se em uma pequena clareira à esquerda da casa. Sentava-se sobre os calcanhares por um tempo que joelhos normais não aguentariam e bebia até desabar de cara na terra. Despertava nas primeiras horas do sábado e acendia novamente a lanterna ao clarear do dia. Sobrevivera ao álcool, e os agentes secretos não o haviam encontrado. Esfregava os joelhos e permanecia alguns minutos de cócoras antes de se levantar. Corria para a casa para esquentar o corpo.

A companheira, que assistia da janela ao martírio do marido que já presenciara tantas vezes e ainda assim se consternava, mesmo sem acreditar nos agentes e nas perseguições, preparava-lhe uma sopa bem quente para restaurar a vitalidade consumida pela terra. Ele sorvia o caldo fumegante em silêncio, ainda sob o olhar compadecido da companheira, com a lanterna acesa. A proximidade da luz impedia que trocassem olhares diretamente. Ele se espreguiçava, esfregava as mãos no rosto, pegava a sacola com as ferramentas que ficava pendurada ao lado da porta e saía sem dizer uma palavra, para cuidar da plantação. A rotina de cuidados dedicados às flores não era a mesma desde o súbito desaparecimento da filha.

2.

Era uma sexta-feira quando a menina desapareceu. Riu do pai tomando sopa no café da manhã. Ele provocava. Lambia os lábios, exagerava nos ruídos. Ela engasgava-se com as bolachas. Vestida de bailarina francesa, de saia plissada, toda de rosa. O coque não firmava nos cabelos escorregadios, negros e grossos.

A casa era cercada de uma mata recriada, uma floresta inventada, que se estendia por cerca de trezentos metros até a beira da represa. Quando compraram o terreno, que deveria ter sido inundado quando a barragem foi construída, mas sobrevivera na superfície por uma obstinação do relevo, não havia uma árvore sequer. Plantaram eucaliptos para garantir a sombra e proporcionar um ambiente favorável para as plantas. Na penumbra, recriaram um ecossistema úmido, perfeito para o cultivo das orquídeas. Derrubaram os eucaliptos logo que as plantas menores ganharam forças, e o sistema atingiu o equilíbrio. Com o dinheiro da venda das madeiras, construíram a casa, que ainda não estava acabada. As flores exigiam dedicação e dividiam com a menina todo o tempo do cuidado.

No dia do seu desaparecimento, a menina acompanhou o pai em sua empreitada matutina para cuidar das flores, como fazia todos os dias. Caminharam juntos até uma bifurcação, a cerca de cem metros da represa. Ele emitia ruídos como se sorvesse a sopa. Ela ria e fugia. Tomaram caminhos opostos, apostando quem chegaria primeiro à margem.

A brincadeira também não era novidade. Ele sempre deixava que ela vencesse. Ela chegava primeiro e alimentava os peixes com restos de bolacha que carregava em seus bolsos. Os peixes já a esperavam. Só que, naquele dia, ela não apareceu. Deixa de brincadeira, apareça. Estou ficando preocupado. Cadê você? Procurou em todos os lugares possíveis, moitas, arbustos, na água. A menina nunca mais foi vista.

Ele não desistiu de procurar. Passava mais tempo vasculhando a mata em busca da filha do que cuidando das flores. O que poderia ter acontecido nos cinco minutos que separavam a bifurcação onde se viram pela última vez da margem onde os peixes a esperavam? Todos os dias circundava a represa acompanhado dos peixes. Desgraçados agentes secretos. Ou, quem sabe, a menina tivesse se transformado em uma carpa?

3.

Antes de seu desaparecimento, diariamente, a menina recolhia pequenos cocos, que serviriam de substrato para as mudas das flores, assim como os ossos que sobravam do almoço, e que ela enterrava para que as formigas os limpassem. Os insetos devoravam as cartilagens e os tutanos inacessíveis aos humanos. Em uma semana, os ossos eram desenterrados, e a menina os espalhava sobre o telhado da casa, para que secassem e pudessem receber as sementes.

Sem poder mais contar com a ajuda da menina, o florista começou a utilizar partes das bonecas que pertenciam à filha como vaso. As cabeças de plástico escureceram com o tempo e adquiriram um aspecto tenebroso, acumulando mofos, tão apreciados pelas flores.

O apreço das plantas pelos novos recipientes justificava o cenário aterrorizante no qual a trilha das orquídeas se convertera. Os visitantes, cada vez mais escassos, impressionavam-se com o cenário, que remetia a um esquartejamento. Dezenas de pedaços de boneca pendurados nas árvores. As crianças choravam. Os pais desistiam. A companheira do florista se irritava. A renda decorrente da venda das pequenas flores era fundamental para o casal.

Ela ameaçava. Arrancaria cabeça por cabeça. Um viveiro de orquídeas não podia ser confundido com um trem fantasma. Você deve estar ficando maluco. Ele sequer respondia.

4.

Dois mil pontos valiam dez reais para a dupla vencedora. Longe de ser uma fortuna, era tratado como se fosse. O dinheiro que era ganho no jogo só podia ser gasto com os prazeres, por isso valia mais. Há muito tempo jogar valendo dinheiro era ilegal. Segundo o decreto assinado por um alto oficial do exército que governara o país em tempos obscuros, a restrição devia-se ao fato de a prática ser degradante e moralmente condenável.

Todos ali concordavam com a proibição e os motivos. Um monte de gente perdeu tudo. Eles jogariam com cautela, mas nunca deixaram de jogar. As leis serviam para os outros. Para quem não conseguia se controlar. Eles exerciam o controle, tanto que podiam escolher as leis que obedeceriam ou não. Além do não dito de que o perigo valorizava ainda mais a reputação de quem arriscava e sobrevivia.

Eterno sobrevivente, embora sobreviver seja um conceito tão amplo quanto polêmico, Gibão voltou para o jogo com ar de satisfação depois de ter cruzado com o japonês no caminho do banheiro. O misterioso personagem, aliviado por não ter fisgado a própria filha em forma de peixe.

Mais um gole e um dente de alho. O alho é anti-inflamatório e afasta o mau-olhado. Controla a diabetes. Se aquela porra do Ganso escutasse o que ele dizia e mascasse alguns dentes por dia, seu pé não estaria naquela merda.

5.

Era Gibão quem preparava o espesso xarope de folhas de guaçatonga a que Ganso recorria quando se resfriava. O vidro do preparado ficava entre as cartas de baralho, no armário do bar. Sempre que o feirante pagava a conta, conferia o conteúdo. Quando constatava que o líquido ultrapassava o limite de um terço do recipiente, aparecia com um cheio, sem que o amigo precisasse se preocupar. Também fornecia folhas de mentruz quando alguém se contundia. Para artrite, osteoporose, osso quebrado. A mistura era tão poderosa que precisava ser dosada com precisão laboratorial. Nem uma gota a mais, nem a menos. As folhas eram curtidas no álcool por um mês, e o líquido esverdeado devia ser aplicado sobre o ferimento. Em casos mais graves, um tecido embebido com a solução deveria ser amarrado em torno da parte do corpo comprometida por, no máximo, vinte minutos. O excesso era tão grave quanto a falta. O excesso era sempre tão grave quanto a falta.

Quando Esperança se descontrolava, ele preparava uma garrafada com camomila, folhas de maracujá, erva-cidreira e erva-de-São-João. Mesmo que o doutor desdenhasse do preparo e duvidasse da eficácia de sua utilização. O tal doutor que sequer diferenciava um maracujá de um abacate.

O feirante vivia em uma casa de condomínio nova, com detalhes em inox e uma televisão gigante na sala.

Porcelanato por todos os lados. Existem alguns estudos que relacionam a popularização do porcelanato ao aumento dos casos de depressão. Mas esse é um outro assunto. A mulher vivia orgulhosa dos acabamentos lustrosos. Dar brilho naquele monte de inox foi um dos estopins de sua crise.

O paisagismo da vizinhança era composto por plantas ornamentais exóticas e cenográficas. Lindas e sem nenhuma utilidade. Insinuavam que o seu jardim farmácia desvalorizava a quadra. Lembrava um pasto abandonado, tomado pelo mato. Quebra-pedra e espinheira-santa no lugar das hortênsias e das primaveras. Suas plantas, ao menos, prestavam para alguma coisa. A beleza das coisas era proporcional à sua funcionalidade.

Graças ao mentruz, ele ainda andava. No auge da carreira de jogador de futebol, Gibão era chamado de Fumaça. Recebia a bola e, antes da marcação, tocava habilidosamente de primeira. Tão imprevisível que, muitas vezes, só ele entendia. Mas, quando completava o passe, era melhor que o Gerson. Lançamentos de mais de quarenta metros. A velocidade do lance contribuía para que os volantes chegassem atrasados. Sobrava para a perna. O corpo pesado aguentava as pancadas, mas firmava o pé no chão. O joelho rodava.

Da primeira vez, Bolacha acertou precisamente o meio da sua canela. O joelho pulou para fora. Na segunda, jogava no Juventus. Os volantes eram mais fortes. Não deu tempo, na outra perna. Caiu sabendo. A carreira promissora terminara. Segundo dizia, só voltou a andar direito por conta do mentruz.

Agora, da porra do pé do Ganso nem mentruz dava conta. Precisava afinar o sangue. A situação agravava-se diariamente, pretejava, sangrava. Continuando naquele estado, perdia. Era só lembrar do Garça. Começou pelo dedo, perdeu até o joelho. Uma merda essa doença, traiçoeira.

6.

Ganso não escutou Dolores voltando para a cama após sua ida noturna ao banheiro. Durante a noite, um seguia os sons do outro pela casa separada por um muro. Por que demorava tanto? Não conseguiu mais dormir. Rodou de um lado para o outro, evitando fazer barulho. Em um lampejo de coragem, decidiu levantar-se, caminhar até a porta do quarto dela e perguntar se ela estava bem. Desistiu. O que ela poderia pensar caso ele batesse na porta àquela hora da madrugada?

O torpor decorrente da insônia emprestava o pior de cada um dos mundos, o dos sonhos e o da realidade. Sentiu vontade de ir ao banheiro. O mesmo receio fez com que se apertasse na cama até que esquecesse. Levantava-se cada vez mais vezes para ir ao banheiro durante a noite. Sentia vergonha. Mas pior seria acordar todo mijado. Ela que lavaria suas roupas. Mas, se já não fora antes com medo de ser mal interpretado, só a ideia de se levantar pela segunda vez o desencorajava.

Dormiu. Sonhou o mesmo sonho, aquele de que não gostava de se lembrar. Sonhos eram sempre ruins. Todos eram pesadelos. Não conseguia selecioná-los. Preferia aparecer jovem, de cabelos pretos ressaltando os olhos deslumbrantes. E o que via era um corpo decomposto, exposto, um corpo de vergonha.

Acordou com a cama encharcada de urina. Que merda.

Um cheiro insuportável. Abriu a porta do quarto devagar. Certificou-se de que não havia testemunhas. Mancou até o banheiro. Tomou um banho rápido, lavou o machucado. Sentia mais vergonha que dor. O cheiro no quarto estava terrível. Abriu as janelas.

Juntou as ataduras úmidas e os lençóis. Embrulhou em um saco de lixo e, certificando-se mais uma vez de estar sozinho, seguiu em direção à banca de jornal. Jogou o saco na caçamba da rua. Com as mãos, empurrou alguns entulhos e troncos para cima do pacote.

Quando voltou com o jornal, Dolores já estava passando o café. Bom dia. Já acordou? Ele jogou o jornal sobre a mesa e esperou que ela se manifestasse. Ficou aliviado quando a primeira coisa que ela disse foi uma observação sobre o estado do ferimento. Porra, seu machucado está horrível! Não pode andar por aí sem um curativo. Você deve estar ficando maluco. Nenhuma referência aos lençóis ou ao mau cheiro do quarto.

7.

O sol de inverno recortava a parte superior da pesada porta de ferro. As sombras projetavam um bico no rosto do proprietário. Ele aproveitava para tomar sol nas pernas. Observava o curativo limpo, branco tal qual suas cuecas, refeito pela mesma mulher que lavava suas cuecas.

O ronco dos motores da loja de motos, as risadas que vinham do depósito de material de construção, a oficina de geladeiras, o cabeleireiro. O reconhecimento dos sons era tranquilizador.

Envolvido pela atmosfera calma e segura de uma manhã como outra qualquer, dormiu impunemente com as pernas sobre uma cadeira. O café forte não foi páreo para a noite insone e as ondulações mornas do dia, que era o mesmo de sempre. Despertou com o Chupim dando um tapa no balcão. Saltou da cadeira. Retomou a consciência a tempo de evitar o golpe do pé machucado contra o chão. Ficou satisfeito com a velocidade da resposta motora.

– Tá parecendo um velho com essa boca aberta, porra – explodiu, em um riso seco, o simpático amigo.

– Vai tomar no cu, sua bicha! Nem tava dormindo. Tava aqui pensando.

A delicadeza era sinal de que tudo corria bem. Escutou a panela de pressão. Soltou o pescoço. Retomou o posto atrás do balcão e serviu uma dose de pinga com limão.

Naquela época do ano, os raios iluminavam o bar apenas nas primeiras horas da manhã. Durante a tarde, predominava uma penumbra que disfarçava os mofos que ela própria ajudava a criar. Chupim pegou as cartas. Um por um, os mesmos personagens de sempre foram brotando do mofo.

Coró trancou a mesa com um três de paus. Um caminhão de mudança passou bem devagar em frente à porta do bar. O motorista colocou a cabeça para fora e perguntou pelo número 113. Ganso conhecia bem aquele número, mas apenas disse não. Aquele endereço ainda constava como seu em alguns documentos. Estacionaram em frente a sua antiga casa, que, inclusive, deixara de ser casa quando ele fingiu que esqueceu onde ela ficava. Justo a casa que, em que pesem as negativas, ainda considerava como sua.

Ele coçou a cabeça, empinou o pescoço como se deglutisse um peixe. Comentou o três preto e passou um pano úmido no mármore. De uma ponta a outra do balcão, até que a cena se descortinasse inteira. Para sua sorte ou flagelo, a melhor vista era bem em frente à pia. Pôs-se a lavar os copos repetidas vezes. Viu quando o seu sofá, justo aquele de que ele gostava, saiu carregado pelos homens da mudança. E todas as outras coisas, que também eram suas, foram se amontoando dentro do caminhão.

8.

Poucos dias antes de desaparecer, a filha do florista, vestida de bailarina, acompanhou o espetáculo da eclosão daquela flor junto do pai, sentada sobre os calcanhares. Também brotava do mofo. Prendeu a respiração pelo maior tempo que conseguia, para que o ar quente que exalava não prejudicasse o delicado desabrochar daquela orquídea. Tão logo brotou pela primeira e única vez no mundo até aquele dia, milimétrica, as pétalas explodiram como uma pipoca, em câmara lenta. Cinco pétalas brancas que lembravam um conjunto de asas de uma borboleta.

9.

Maldita janela aberta. Uma revoada invadiu o quarto de Ganso naquela noite, através das frestas por onde o cheiro da urina, que impregnava o quarto, devia escapar. E o colchão continuava fedendo. Sorte que só ele sentiria, ninguém entrava naquele quarto.

Famintos, os pássaros picavam tudo o que encontravam pela frente, inclusive devorando outros pássaros menores. Uma voracidade apavorante. Penas por todos os lados. Quando fechou os olhos para não presenciar toda aquela selvageria, aquele cruel banquete alado, parecia que era ele que voava. Do alto, sendo atacado, viu-se deitado na cama da sua outra casa, sendo retirado pelos carregadores e atirado no caminhão de mudança.

Com os olhos abertos, observava os pássaros fartando-se de pedaços do seu dedo machucado. Sacudia-se timidamente, no intuito de espantar as aves. E aquelas porras de pássaros nem existiam, que merda! Se houvesse espectadores, cogitariam que estava enlouquecendo. Até ele desconfiava, às vezes. Mas quem deixaria o pé parado, com um pardal bicando o machucado? O ferimento existia e doía a cada bicada, não importando se a causa da dor voasse ou pudesse ser espantada.

À medida que o dia clareava, as aves acalmaram-se e ocuparam os ninhos nas sombras do alto do armário. Levantou-se atentamente e, com um rodo, inspecionou a parte de cima do armário, para tentar descobrir onde as aves se escondiam. Nenhum sinal.

Caminhou sonolento até a banca de jornal e acabou chegando antes que ela abrisse. Esperou cerca de dez minutos. O filho do antigo jornaleiro chegou balançando a bunda gorda. Bigodinho ficou preocupado quando percebeu que o velho-cliente-amigo-de-seu-pai estava descalço. O curativo manchado de sangue e sujeira. O chão da praça imundo, merda de pombo para todo lado. O frio era o de menos.

Desde que resolvera deixar o bigode, o herdeiro da banca envelhecera de uma vez e transformara-se em uma versão piorada do pai. Curioso constatar que, mesmo imberbe, já era conhecido por Bigodinho. Filho do Bigode. Agora, aquela boca peluda alertava dos perigos em expor o ferimento vivo àquela nojeira toda. Até ratos. E aquele monte de merda de pombo. O pai de Bigodinho, pelo menos, aparava os pelos para que não entrassem na boca enquanto falava. Aquele garoto mastigava os pelos do bigode e agora queria se meter na sua vida.

Fez o caminho de volta atento aos obstáculos e às imundices, que só passaram a existir depois que aquele fedelho as nomeara. Aquela insônia acabaria por enlouquecê-lo. Como esquecera de calçar a porra do chinelo?

Assim que chegou na porta do seu bar, coçou o braço, pigarreou, largou o jornal no chão para levantar a pesada porta de ferro, o que já chegara a fazer com um braço só. Endireitou a coluna e torceu o longo pescoço em busca da fachada de sua antiga casa. A janela estava fechada, como sempre estaria àquela hora da manhã.

Dolores varria o salão e assustou-se com a violência com que a porta fora atirada para cima. Ele não teve tempo de disfarçar e apertou o passo na tentativa de esconder os pés desprotegidos. Tropeçou em uma cadeira, reclamou de impulso. E você quer que eu varra essa porra de chão como, com esse monte de cadeira? A temida pergunta sobre o que andava fazendo descalço na rua, a dúvida a respeito da sua sanidade veio logo em seguida. Projetou o pescoço para a frente, engoliu um lambari vivo, era possível enxergar o movimento do peixe debatendo-se na sua garganta, disse que não, que nem sabia, o chinelo arrebentara, todas essas borrachas eram uma merda, que ele sabia muito bem o que fazia. Correu para dentro do balcão e saiu calçando os únicos chinelos que tinha, os mesmos que deveriam estar no lixo, perdidos na praça, arrebentados, segundo suas próprias e recentes afirmações. Dolores olhou para os pés calçados, e ele se deu conta de que não poderia estar calçando os chinelos que acabara de dizer que arrebentaram.

10.

A exposição deliberada do sono, a ideia de babar publicamente, que sempre lhe causava repugnância quando observada nos velhos e bêbados da praça, e que jurava por Deus que não cometeria jamais, não o incomodava mais. Que ele babasse, era o de menos. E, foda-se, quem eram eles para fiscalizar seu sono? Afinal, azar de quem via. E o sono era tanto que os outros que se danassem. Os pássaros não o atacavam durante o dia.

Sentiu um toque delicado no seu ombro, abriu os olhos e logo percebeu que os olhos que o olhavam, apesar de idênticos aos seus, brilhavam diferente. Imediatamente, verificou que quem o acordara com aquela delicadeza peculiar era o seu filho, o doutor de roupas brancas, embora menos que suas cuecas, aquele que só deveria aparecer no Natal. Desconfiou imediatamente da aparição extemporânea. Só faltava essa. Que porra de visita era aquela, em pleno inverno? Só poderia ser algum tipo de armadilha. Alguém deve ter comentado algo sobre o machucado, o garoto era médico. Reparara o quanto Dolores havia ficado impressionada com o estado do ferimento. Mas duvidava que ela fosse capaz de convocar justo aquele doutor vestido de branco encardido. Quem era o filho da puta que se achava no direito? Agora queriam decidir por ele e levá-lo para algum hospital na marra. Só sairia dali morto. Antes mataria quem se metera com o seu pé.

Passou um bom tempo elucubrando quem seriam os culpados e impressionando-se com a semelhança entre ele e o garoto que via uma vez por ano. A boca, o nariz, o pescoço cada vez mais longo. Quando o filho nasceu, a primeira coisa que tinha notado eram os olhos. Estava sentado em frente à porta da enfermaria, quando a porta se abriu e uma enfermeira trouxe o menino no colo. Os olhos do bebê arregalados. Exatamente da mesma cor dos seus. Bebeu uma caixa de cerveja.

À medida que foi recuperando a razão e dedicando sua atenção ao que era dito por aquela boca tão semelhante à sua, rapidamente percebeu que o motivo da visita repentina não era o que previra. Por mais que o filho tenha tentado dissimular a intenção. "Como tá indo o pé?", "precisa se cuidar mais", "não tá na hora de descansar um pouco?". O filho arregalava os olhos enquanto falava. Quem sabe? Não funcionou.

A atmosfera que caracteriza uma conversa polêmica, carregada de inseguranças e receios que impedem seu andamento natural e objetivo, geralmente contribui para o adensamento dos ânimos. Recomendar a visita a um especialista em diabetes, se fosse o tema principal, nunca abriria a interlocução. O garoto que não era ainda tinha muito que aprender. Um fraseado besta, vazio. O cúmulo foi quando pediu uma cerveja. Ele que nem bebia, ainda mais naquela hora. Porra, justo naquele bar.

Ganso arrastou o pé até a geladeira. Voltou com a cerveja, acompanhado do olhar de reprovação do filho, que fez questão de balançar a cabeça para que a desaprovação fosse devidamente registrada. Você sabe, sou seu filho, me preocupo com você. Já deu. A mãe fez o certo, vendeu a casa. O momento certo. Quem sabe uma casa na praia?

E, finalmente, a praia. Ele que nem gostava da areia, nem de peixe de água salgada. Onde aquele menino vivia? Se ao menos soubesse do ódio que o pai tinha do calor, da aversão ao suor. Imaginava a praia um cemitério de velhos que jogavam damas. Todo mundo queria morrer na praia. Ele não queria morrer.

11.

O frágil equilíbrio sobre o qual as relações se sustentavam exigia que o feirante se deslocasse o mais rapidamente possível, a tempo de evitar uma tragédia. Durante o jogo daquela tarde, ventava demais, e, para quem acreditava em superstições, aquele não era um bom sinal. Era preciso colocar um peso sobre as cartas para que não voassem. Os pássaros agitados, como se previssem uma tempestade. Gibão consumia alho e uísque exageradamente. Perdeu o segundo jogo consecutivo e insistiu em continuar jogando. Aquilo nunca acontecia. Dois jogos perdidos na sequência eram um indicativo consolidado de que a brincadeira deveria acabar. Uma estratégia de sobrevivência. O feirante conhecia bem esse princípio e o risco que corria em desafiá-lo. Chupim interveio em favor do amigo. A obviedade do contratempo demandava uma intervenção. Chega por hoje, Ganso já está dormindo de boca aberta. Vamos deixar o velho descansar.

Pagou a conta com o dinheiro da mesa e insistiu para que o feirante o acompanhasse até outro bar, para tomarem a saideira. Nada de conversas esclarecedoras, desabafos, confortos. Só mudar um pouco de ambiente. Outro ambiente tão conhecido quanto, mas outro. O importante era evitar interpretações equivocadas sobre as causas do comportamento inusitado do companheiro. Entre as particularidades desse mundo, todas sujeitas a interpretações divergentes e controversas, a amizade exercia o papel de reguladora de riscos. Não cabia a ela julgamento.

O Bar da Beira só abria quando o dono estava de bom humor. Garça perdera a perna por conta do açúcar, mas continuava bebendo. Todos têm seus motivos. Usava uma espingarda velha como bengala. Já que ele não podia mais correr atrás daquele bando de safado, a bala correria. A arma era tão velha que explodiria se fosse disparada. Gibão abastecia o estabelecimento com verduras e legumes frescos. Em troca, uma garrafa de uísque exclusiva, com etiqueta, nome e medidor.

Chupim dirigiu mais de vinte quilômetros, entre plantações de alface e curvas. O feirante ao seu lado, calado. Deveria ter vindo com o meu carro. Confiar nesse cabeçudo de olho apertado é foda. Conheço essa estrada. Freia, porra! Acelera. Ultrapassa. Cuidado! Vai se foder!

Estacionaram. Gibão desceu, enfiou a mão por dentro de um buraco na madeira do portão e abriu o trinco. Buzinaram. Garça surgiu apoiado na espingarda. Esfregou os olhos, virou as costas e seguiu para o balcão. Serviu a cerveja, o uísque e foi fritar o peixe. Uma plataforma de concreto estendia-se por dois metros sobre o rio. Do lado direito, o horizonte era desenhado por uma ponte e um fluxo grande de automóveis. A sinuosidade do rio formava pequenas ilhas. Alguns patos selvagens. A poluição esverdeava as águas.

Os peixes servidos à margem não eram pescados ali. A fantasia fazia crer que sim. Essa foi a ideia quando construiu o bar, pescar e servir os peixes frescos. Mas a poluição que castigava as águas inviabilizou o projeto. Com o passar do tempo, percebeu que o cenário era mais importante do que a origem do peixe.

O rio que margeava o bar era o mesmo que percorria o centro da cidade e desaguava na represa próxima à casa de Fu Manchu. Os peixes subiam e desciam as águas até que se cansassem. Endêmicos, só apareciam naquele rio. Alguns tinham cara de gente.

Nada de significativo foi abordado naquela conversa. Os temas variaram entre inúteis e desculpas. Entretanto, enquanto Chupim fingia falar sobre pescaria, tentava descobrir, a partir de suas referências, qual poderia ser o motivo do desconcerto do amigo. A probabilidade de as conclusões dizerem mais sobre o filósofo do que sobre o tema é grande. Agora, se levarmos em conta que, nesta história, o outro nunca representa qualquer tipo de alteridade, talvez consigamos recolher algumas pistas sobre os motivos que, aparentemente, afligiam o feirante.

Três poderiam ser as causas, segundo suas considerações. Chupim sabia de Esperança. Reconhecia a árdua e exemplar sina do amigo de garantir o melhor para a companheira e, consequentemente, para ele mesmo. Era um bom homem, assim como todos ali. Mas não bastava ser bom, era preciso parecer bom. Essa era a regra. Concluía, portanto, que o resultado entre a tragédia a que o amigo estava condenado e sua disposição ao posto de mártir lhe garantia um bom lugar nessa escala e acabava sendo mais prazeroso que exigente.

Dinheiro não era problema. Sabia que o amigo acabara de trocar o caminhão por um novo e pagara a diferença em dinheiro vivo. Estava na concessionária e viu a cara de espanto da vendedora quando Gibão tirou um bolo de dinheiro de uma sacola.

Restava, finalmente, apenas um motivo, de difícil consideração. Chupim também ouvira o choro e as queixas de Celeste, jovem que viu crescer. Ele também era amigo, tanto de um quanto do outro. Sob este ponto de vista conciliador, ele também era os dois. As relações eram meramente formais. Nem o pai era pai, nem a filha era filha, nem o tio era tio, quanto mais padrinho. E, afinal, todos, à exceção incômoda da vítima (tratou de substituir essa palavra imediatamente do seu devaneio), sabiam bem o quanto era complicado dividir a casa com uma mulher daquela, afinal, era uma mulher. E que mulher!

Enfim, se optasse pela condenação, teria que condenar todos, inclusive ele próprio. Portanto, optava pela inocência de todos. Coubesse a ele um conselho e fosse esse o motivo do desconforto do amigo, este seria que o amigo fingisse que nada acontecia.

12.

Uma cerração intensa associada à embriaguez incontestável do piloto e do passageiro complicavam ainda mais as já complexas condições da estrada na volta. Chupim dirigia devagar e apertava os olhos, tentando enxergar. Estava satisfeito com suas conclusões sobre as causas do estranho comportamento do amigo, embora estas não implicassem em nenhuma consequência prática. Bastava esquecer ou fingir que não se sabia de nada. A noite fria de outono não impedia que o feirante mantivesse a camisa aberta. A medalha dourada com o rosto de Jesus Cristo reluzia em seu peito.

Foi pelo reflexo da medalha que o feirante notou pela primeira vez as luzes vermelhas da sirene. Chupim freou bruscamente. Os pneus cantaram. Por pouco não bateram no veículo da frente. As luzes espalhavam-se pelo vidro molhado. Entreolharam-se, assustados. Chupim acendeu a luz da cabine do carro. Abaixou o som. Por algum motivo, o feirante arrumou o cabelo no espelho do retrovisor e benzeu-se.

Dois carros de polícia e uma viatura do corpo de bombeiros interditavam a pista da direita. A quantidade de curiosos obstruía mais o trânsito. Gibão e Chupim demoraram meia hora para passar pelo bloqueio. A intensidade das sirenes e das lanternas dificultava o entendimento. Policiais sinalizavam para que os carros não parassem.

Gibão, acostumado a ser simpático com os policiais por razões diversas, foi ignorado.

No acostamento, entre policiais e socorristas, havia um corpo coberto com um cobertor de alumínio. A calma denunciava o aspecto irreversível do desastre; e as caras petrificadas, as péssimas notícias. Uma morte era um final injusto para aquele dia. Em meio a tantos sobreviventes, um corpo. Só conseguiram distinguir alguns cacos de vidro e uma bicicleta retorcida.

13.

Os vasos com as cabeças das bonecas contribuíam para espantar os pássaros que o florista temia que estragassem as flores. Sobravam algumas corujas em busca dos ratos. As outras aves restringiam-se ao entorno da mata. Mesmo quando voavam, contornavam o jardim para chegar até a represa. Chegavam com o dia clareando e desapareciam ao anoitecer.

A ausência dos pássaros implicava o aumento do número de insetos, que, por sua vez, ameaçavam igualmente a plantação. Uma nuvem de gafanhotos atacou a mata das flores. O velho acordou com o zunido ensurdecedor. O chão coberto de insetos.

Correu pela mata em direção à muda da orquídea com pétalas de borboleta. Os insetos chocavam-se contra o seu rosto. Úmida de sereno, a terra ficava ainda mais escorregadia. A companheira tentou acompanhá-lo, mas acabou ficando para trás. Resolveu voltar para preparar a sopa. Aquelas malditas cabeças! Acabaria com elas assim que pudesse. O florista caía e se levantava. A roupa coberta de lama e gafanhotos. Mantinha a boca fechada. Os insetos entravam pelos buracos da blusa, grudavam na barba. Ele segurava o mais firme que podia uma redoma de vidro para tentar proteger a planta. Depois de quase vinte minutos enfrentando aquela tormenta ensurdecedora de insetos, certificou-se de que a pequena flor estava intacta.

14.

Quem ele pensava que era? Os olhos iguais não lhe davam permissão, apesar de. Que merda! Já não aguentava mais aquela porra do dedo e agora aparecia aquela história do viaduto e os seus olhos em outro rosto. Que cortassem a cidade ao meio! Quando era garoto, sua mãe o proibia de atravessar a linha do trem. O centro era perigoso. Ele atravessava em segredo, armado de ousadia, e esbaldava-se com as pernas e os jogos de sinuca.

Vasculhou os armários em busca dos ninhos. Nada. A caderneta do envelhecimento intacta. Uma calcinha escondida. Que porra era aquela? Deixaria lá até que esquecesse e ela não existisse.

Passou a noite acordado, acompanhando os movimentos da companheira que não era pela casa que compartilhavam sem compartilhar. Sobre a mesa de cabeceira, algumas imagens de santos que ele, quando achava conveniente, guardava na gaveta. O que era íntimo, humano, escondido por baixo do lençol. Desconfiava que Dolores também se preocupava com a sua movimentação noturna. Uma idiotice. Deveria se preocupar com a filha. E aquela merda daquela calcinha? Devem ser os pássaros. Ele não ouvia nada que vinha do quarto de Celeste. Por mais que se esforçasse. Imaginava que dormisse com as janelas abertas. Os pássaros deviam incomodá-la. Ele era o dono daquela casa, porra. Se o outro podia, imagina ele, que tinha os olhos azuis. Aqueles pássaros eram um inferno. E aquela calcinha? Gralhavam, bicavam, caóticos. A movimentação, já não tão sutil, acelerava a medida dos rasantes. Porra, que os pássaros cantassem, então. Afastava-os, sacudia os braços. A algazarra o protegeria dos próprios ruídos.

Da próxima vez, colocaria umas armadilhas pelo quarto. Sabia bem. Caçara algumas vezes na sua infância. De arapuca, estilingue. Até espingarda de chumbinho. Bom de mira. Chegou a assar pequenos pássaros algumas vezes. Sentiu nojo. Que merda, como podia alguém em sã consciência comer um pardal?

15.

Cruzar a passarela exigia cada vez mais esforço. Conferiu várias vezes se estava calçado. O número de degraus era cada vez maior. Os primeiros trens chegavam apinhados de gente. O espaço entre uma composição e a próxima, durante a semana e nos horários de maior movimento, reduzia-se a menos de dez minutos. Somados às paradas e aos atrasos, praticamente impediam que a cancela abrisse pela manhã. Os muros que cercavam a estação e os bancos úmidos do aviário misturavam os que ainda lutavam contra o dia aos que se entregavam a ele. A descida era mais penosa que a subida. Os joelhos fraquejavam. Se aquela porra daquele corrimão cedesse, enferrujado como estava, ele despencaria escada abaixo. Os encontros, de acordo com o dia da semana. Quinta, sempre encontrava o mesmo casal se beijando no banco. O mesmo beijo. Poderiam ser amigos do seu filho mais novo. Rita, uma prostituta que ele conhecia desde os tempos em que era cobiçada, exibia as pernas molengas e rabiscadas de varizes. Perdera muitas noites de sono com a cara entre aquelas pernas. Imaginava se ela ainda se lembrava dele. Raramente, ela ainda passava pelo bar, com roupas trocadas, e tomava o último conhaque antes de voltar para casa. Gostava dela.

E agora Ganso dava de cara com o filho do jornaleiro com o mesmo bigode do pai. A mesma lentidão. O mesmo quadril largo, a bunda grande e gorda, de tanto ficar sentado. Até aquela porra de unha enorme no mindinho ele copiava do pai. Para pior, era mais burro que o outro. O pai, pelo menos, já deixava o jornal separado.

– Bom dia, Senhor Ganso. Vou pegar o seu jornal. Ainda bem que o senhor lembrou dos sapatos! Se o senhor quiser, posso mandar entregar o jornal no bar para evitar que o senhor pegue friagem!

Que engolisse aquela porra de bigode nojento! Quem ele pensava que era para se meter na minha vida desse jeito! Cutucasse o cu com aquela porra de unha comprida. Cuidasse da sua própria sujeira. Aquela barba inundada de perdigotos. Que fosse entregar o jornal na puta que pariu, pensou Ganso, do alto de sua delicadeza.

As pombas começavam a aparecer justo naquela hora. Onde será que elas dormiam? A banca estava imunda de merda de pombo. Ele que limpasse sua loja. As pombas faziam a estrutura de poleiro, e ele passava o dia cutucando a orelha.

16.

Ganso folheava o jornal quando Rita apareceu. Será que ainda se lembrava dele? Pediu um conhaque. Não dava mais para aquela vida. Precisava se aposentar. A gripe não passava nunca. Uma puta dor de cabeça. Ninguém mais queria saber de pagar para trepar. Aquelas meninas. Davam até na praça. Ela nunca tinha transado na rua. Imagina. Não era por ser puta que trepava em qualquer lugar. Dolores se divertia. Foram muitos os momentos de sua vida em que ela também foi chamada de puta. A mulher do procurador gritava sempre. A outra mulher também. A outra metade do bairro. As amigas da outra. Ela também já foi a outra. E não via mal nisso. Ao contrário. Se o oposto de puta era quem a acusava, preferia ser puta.

Dolores era garota quando conheceu Rita. A Pensão São Vicente, com seus muros amarelos, ficava ao lado do bilhar. Os garotos trafegavam sem culpa entre os dois estabelecimentos. Dolores não sentia ciúme. As meninas só namoravam por dinheiro. Justo o que faltava. Rita era a mais velha e desfilava entre as outras com os cabelos loiros quase brancos. Nos dedos, nas falanges inferiores da mão direita, em tinta verde e grosseira de tatuagem velha, as letras da palavra amor. Uma em cada dedo amarelo de cigarro.

Já a última vez em que Ganso se encontrara intimamente com a conhecida foi na casa dela, perto do rio.

Uma festa lotada. Assaram uns peixes. Beberam muito. Uma das meninas subiu em um muro de blocos, em uma dança pretensamente sensual, e o muro cedeu. Todos riram. Menos Rita. Transtornada, em uma mistura de raiva e álcool, agarrou a dançarina pelos cabelos e estapeou a sua cara assustada até que ficasse em carne viva. Gritos, choros. O pescoço sangrava, cheio de arranhões. A mão tatuada impiedosa. AMOR. Os garotos separaram depois de custo. Brancos. AMOR. A menina caiu de joelhos, aos prantos. Rita bufava e xingava a garota de puta com um ódio absolutamente desproporcional. AMOR. A festa acabou. Os meninos foram embora levando a dançarina. Ganso nunca mais teve coragem.

Os dedos borrados com a tinta verde chamaram a atenção quando ele servia a segunda dose de conhaque. Impossível identificar o que um dia estivera escrito. A mão cheia de manchas e veias entupidas incorporara, entre as outras cicatrizes, o tom esverdeado. A segunda dose de uma só vez. Dolores fez careta pela amiga, e as duas explodiram em uma risada que despertou Ganso das lembranças. Não cobrou a bebida. Deixa para lá. Rita não insistiu e nem agradeceu, como convinha aos gestos de carinho no universo das faltas. Foi embora, quem sabe se para a mesma casa na beira do rio.

Galo sorriu para Rita na porta. Também gostava dela. Pediu uma cerveja. Aproveitou para ler o jornal enquanto esperava. O jogo de cartas prestes a começar. De manhã, antes do meio-dia, sempre foi o melhor horário para se tomar cerveja. Todos sabiam disso por ali. Quem bebe cerveja de madrugada é menino. Leu o caderno de esportes em dois copos. Depois o cidade, em um. Afastava o jornal do rosto, esticando os braços. Cada dois goles, um copo. A espuma na barba. Os olhos claros e a pele queimada de sol. Completou o terceiro copo. Retomou o jornal e, em um minuto, deixou cair outra vez.

– Puta que pariu! Você leu essa porra?

Uma foto do Fu Manchu sem o chapéu. Difícil de reconhecer. Mais novo. Sem barba. Outra foto da bicicleta retorcida.

17.

Os pássaros retornaram contornando a mata, evitando as cabeças flutuantes dos espantalhos infantis. O único canto que, porventura, se ouvia era o confortável entoar das corujas. A companheira esperou pela chegada de Fu Manchu em seu camarote do mato. Mesmo sem ouvir o barulho da bicicleta arrastada pelo íngreme caminho de pedras, acomodou-se no mesmo lugar de sempre para observar o embriagar do companheiro que não chegaria. Demorou mais tempo para que ele desmaiasse sem que estivesse lá.

Acordou com o barulho de um tiro. Só teve tempo de abaixar a cabeça. Permaneceu escondida. Uma sequência de estampidos secos e explosões. Os agentes secretos invadiam a chácara, rompendo a fumaça. Rastejavam feito cobras, escorregando na lama da floresta inventada. Vasculharam a casa, a mata, a represa. Uma busca implacável. Disparavam em todas as direções, alvoroçando os pássaros. O velho brotava do chão e se desfazia quando atingido pelas balas. E quem diria que era mentira?

as flores

Borboletas e
aves agitam voo:
nuvem de flores.

Matsuo Bashô, 1688

1.

O tremor resultante do desabamento do muro da casa de Rita nunca mais deixou de reverberar. O que se viu através das ruínas, antes sem forma, ganhou contornos, permaneceu livre, e nenhum novo muro foi capaz de aprisionar novamente. O amor estampado nos dedos era complementar ao ódio que as mesmas mãos eram capazes de encarnar. A vulnerabilidade desses limites ecoaria no garoto que, futuramente, seria o dono do bar.

A menina responsável pelo estrago esforçou-se para cobrir o prejuízo. Trabalhou à exaustão para pagar a obra, o que acreditava ser capaz de aplacar o ódio. Rita não admitia atraso e evocava o mesmo ódio sempre que contrariada. Embora a consolidação da violência já não fosse mais necessária. Bastava a insinuação da ferocidade para provocar crises de choro.

Um muro alto, com o dobro do tamanho do anterior, foi erguido no lugar e arrematado com cacos de vidros. Não por temer invasões, mas para conter novas fugas.

Dois homens trabalharam uma semana na reconstrução. Achavam graça em trabalhar na casa da puta mais conhecida da cidade. Rita já se estabelecia como uma espécie de celebridade da degradação. Os pedreiros ficaram surpresos ao perceber a falta de globos espelhados, música alta ou rolos de papel higiênico ao lado da cama. A Pensão São Vicente, onde Rita passava a outra metade do seu tempo e que eles conheciam tão bem, era mais colorida e barulhenta. Sobre as prateleiras impecavelmente limpas, flores, santos e fotografias de uma família que eles tentavam desvendar. O pai, o filho, o espírito santo. Quem sabe um amante. Apenas homens. À exceção da ausência de mulheres nas fotos, uma casa comum, sem nenhuma peculiaridade. A austeridade, os móveis, as panelas, os cheiros, o filtro, os produtos de limpeza, as vassouras, as bolachas, os sons eram iguais aos das suas próprias casas.

Inspirados pela candura da edificação e pela semelhança da casa da puta com a casa de suas mães, trabalhavam com afinco na reconstrução do muro que também os protegia. Até a véspera de sua conclusão. Quando Rita saiu de casa aquele dia, o que apartava a obra de sua conclusão eram duas fileiras de tijolos. Quando ela voltou, o que se pretendia inauguração era ruína. Pela segunda vez. E o que se viu já nascera com vocação de lenda.

2.

Assim se deu, disseram desembestados quando Rita abriu a porta e encarou os dois apalermados. Bem no arremate, quando estavam prestes a concluir, tudo tremeu. Os blocos foram arremessados extraordinariamente, um a um, por metros, destacados da estrutura sem nenhuma resistência. Sem outras opções razoáveis, esconderam-se, amedrontados, e testemunharam o espetáculo sobrenatural. Em poucos segundos, o muro já não existia.

Rita escutou pacientemente a justificativa mágica e acatou a promessa de que os dois trabalhariam ainda com mais afinco na reconstrução. Ela não só se convenceu, como descartaria outra explicação. Conhecia bem aqueles tipos covardes e sabia que eles não teriam coragem e nem capacidade de inventar uma história como aquela.

Assim que os dois foram embora, jurando retornar às sete da manhã no dia seguinte, Rita dirigiu-se ao quintal e encarou desafiadoramente o que sobrara do muro. Que ousasse agora, covarde de merda. Assustar aquela dupla de bundas moles era fácil. Cuspiu no chão. O vizinho olhou pela janela e, ao cruzar o olhar com o de Rita, fechou a cortina, amedrontado. Ela esperou. A assombração só topava com frouxo e não deu as caras. Cuspiu outra vez sobre os blocos e caminhou em direção à santa que ficava ao lado da cama. Com o mesmo fósforo que acendeu o cigarro, acendeu uma vela.

3.

Quem reconheceu o corpo e impediu que Fu Manchu fosse sepultado como indigente foi o policial que dava plantão no posto rodoviário. Sempre via o velho passando e se preocupava com sua segurança. O brilho da lanterna ziguezagueando pela estrada. Foi o primeiro a chegar ao local do acidente. Um motorista assustado disse ter visto um homem e uma bicicleta jogados no acostamento. Largou tudo e seguiu com o carro pela contramão, sirene ligada. Não deu outra. A bicicleta retorcida. A garrafa de cachaça tinha estourado, e o álcool recendia. Restos de peixe esmagados pela estrada, alguns ainda agonizantes. A lanterna acesa iluminava um trecho da mata. As escamas brilhavam, alardeando o local da morte. O corpo imóvel não estava machucado. Nada de sangue. Provavelmente, tinha batido a cabeça. Difícil era explicar o cheiro de pólvora.

4.

Gibão demorou para encontrar as chaves, abriu a porta com dificuldade e tropeçou no tapete da sala. Por pouco não derrubou a caixa com as esfirras. Esperança caminhou na sua direção, pálida, incapaz de perceber o estado do companheiro. Ele mastigou um dente de alho enquanto a observava devorar cinco esfirras de queijo, dois copos de refrigerante e sete comprimidos, vestindo luvas cirúrgicas. Ele olhava através do corpo da esposa, um fantasma assombrando sua sala de mentira, e via Celeste. A palidez de Esperança ressaltava a força do corpo da amante. Esperança era atravessada pela outra.

A boca de Gibão tremeu involuntariamente. Ele lembrou do choro de Celeste, que tinha escutado aquele dia no bar. Ele já suspeitava. Dos males, o menor, refletiu, enquanto mastigava outro dente de alho. Ganso nem era pai dela, e ela era apenas sua amante. E, se a pegara no colo, fazia muito tempo. E, porra, a carne é fraca. Entendia o amigo, concluiu, enquanto mascava mais um dente de alho. De qualquer maneira, perdê-la o envelheceria.

Apoiou Esperança em seus braços e conduziu-a até a cama. Em cinco minutos, ela morreu, como todos os dias. Antes, ele se assustava e conferia a respiração, aproximando as costas da mão de seu rosto. Com o passar do tempo, desistiu de conferir. A boca aberta, mole, enojava-o. Optava por não olhar. Celeste tinha uma boca linda.

5.

O policial vasculhou as sacolas do velho em busca de um documento que pudesse identificá-lo oficialmente. O personagem, que ele cansara de ver e de especular sobre e que passava em frente ao posto de polícia todas as sextas no começo da noite, precisava de alguma oficialidade para morrer. O velho da bicicleta precisava de um nome e de um endereço.

Na bolsa de lona encontrada no local do acidente, entre tabelas e gráficos indecifráveis, papéis escritos em japonês, anzóis, boias, chumbo, vermes de laranja, um canivete e algumas pedras, encontrou um documento protegido por um saco plástico. Registro Nacional de Estrangeiros.

Resolveu digitar o nome em um site de buscas, mesmo sem acreditar que conseguisse alguma informação na internet. Quem se interessaria por aquele pobre velho, agora um velho morto? Além de inúmeras fotos de flores, uma imagem de um jovem imberbe e uma antiga matéria de jornal. "Imigrante japonês recria floresta tropical para produção e comercialização de orquídeas raras". O volume esticado sobre o asfalto tinha um nome e uma história que parecia de verdade.

6.

Penteou o cabelo e limpou com cuidado as caspas que se desprenderam sobre a gola da farda. Com sorte, o endereço ainda seria o mesmo do jornal. Conduziu o carro com reverência. Era a primeira vez que percorria o trecho final da estrada de terra. Estacionou em frente à represa e retornou a pé, vasculhando a área com uma lanterna. Uma pequena abertura em meio a dois jacarandás acusava um rastro de pneus de bicicleta. Resolveu arriscar. A subida íngreme e escorregadia. Como aquele velho poderia pedalar naquela ladeira?

Depois de cerca de cem metros, com o cabelo já despenteado e as botas sujas de barro, avistou uma clareira e uma casa inacabada. À direita da construção, uma senhora japonesa bem magra. Estava com os pés descalços cobertos de lama e vestia um delicado quimono azul. Sentiu as pernas esmorecerem.

Ela o recebeu com um sorriso delicado, os lábios finos assemelhados a uma cicatriz recente. Ele procurou recompor a bravura. Tirou o quepe e apertou-o contra o peito, emulando um filme. Ela manteve a expressão indecifrável e caminhou em sua direção, arrastando os pés.

Intimidado com a aproximação, ele deu dois passos para trás. Antes que ela confirmasse sua identidade, desandou a falar. Morreu, lamentava. Estava à disposição. Era sua esposa, não era? Sentia muito. De acordo com o roteiro que havia idealizado, deveria esperar que ela se acalmasse e oferecer-lhe todo o apoio e solidariedade. Gaguejou ao constatar que ela não estava nervosa.

Desnorteado diante da impassividade, recorreu às formalidades decoradas, que o auxiliaram a destravar as palavras. Era necessário que ela reconhecesse o corpo. Recomendou que ela o acompanhasse. Ela assentiu milimetricamente. Talvez não falasse português. Não precisava se apressar.

Antes que ela lhe desse as costas, ele entregou a bolsa com os pertences do falecido, esperançoso de que aquela materialização da tragédia lhe arrancasse ao menos uma lágrima. Ela pendurou a sacola no pescoço e arrastou os pés em direção à casa inacabada.

Enquanto a aguardava, três anus pousaram sobre o pé de ameixa e berraram. Credo. Pássaro preto e aquela mulher com boca de cicatriz.

7.

O barro dos seus pés já havia endurecido quando ela chegou ao prédio do velório municipal, cumpridas todas as burocracias requeridas pela morte. O policial permaneceu ao seu lado, reverente, até que o carro funerário estacionasse na rampa de acesso. Ajudou a descarregar o caixão que ele mesmo escolheu e, por algum motivo desconhecido, se propôs a pagar. Esperou que a tampa da urna fosse aberta, benzeu-se em frente ao rosto barbeado, vestiu novamente o chapéu que trazia apertado contra o peito e despediu-se, respirando fundo.

A viúva ficou sozinha, sentada em uma mureta de concreto, do lado de fora da sala. Vestia um quimono brilhante, azul, estampado com minúsculas flores de cerejeira. E calçava chinelos de plástico que se confundiam com os seus pés embarreados. Sorriu ao ver uma coroa de flores enormes sendo alocada no fundo da sala. Era preciso dois homens para carregá-la.

Galo foi o primeiro a chegar. Soube pelo jornal. Fez um sinal da cruz e cumprimentou-a. Ficou alguns minutos ao lado do caixão. Que merda, rasparam a barba e tosaram o cabelo do japonês. O velho daquele jeito não era ele.

8.

A noite de Gibão foi horrível. A mulher catatônica, babando ao seu lado. A outra viva demais na memória. As sirenes do acidente refletidas nas paredes do quarto. Perambulava pela casa quando escutou o telefone tocando. A voz do pai de santo, o Galo, àquela hora da manhã, garantia não se tratar de uma boa notícia. Entendeu assim que ouviu as primeiras palavras do amigo. A coincidência dava arrepio. Viu a bicicleta, sonhou com ela. Puta que pariu, que merda!

Desligou o telefone tremendo. Derrubou o vaso que enfeitava o aparador. Um vaso sem planta, que só servia para atrapalhar. O dia amanhecia. Esperança só despertaria na hora do almoço. Mesmo sem vê-la, ele sabia exatamente a posição em que ela se encontrava. Uma santa boquiaberta e petrificada. A imobilidade impedia os pecados que, porventura, pudessem lhe passar pela cabeça, seria santa até a eternidade. E essa mesma imobilidade justificava os pecados que ele cometia, segundo as suas controversas interpretações dos conceitos de pecado e justificativa. Decidiu enviar flores para o velório do japonês. Uma coroa enorme. A maior que conseguisse. Se sentiria melhor assim. Como não reconhecera o corpo na estrada? A coroa mais cara. Construiria uma capela em homenagem ao morto. Pegava aquela estrada quase todo dia. Se benzeria. Poderia ter sido ele.

A coroa foi a primeira coisa que ele viu quando chegou ao velório. A única. Sentiu orgulho. Na faixa de cetim azul, estava escrito em tinta prateada: "Saudade eterna dos amigos do Bar do Ganso". Lindo. Cumprimentou a viúva. Deu um jeito de dizer, entre sentimentos e solidariedades, que fez questão de homenagear o amigo com as flores. Um grande homem. Ele merecia. Uma pena terem convivido tão pouco. Mas o suficiente. Um homem honrado se reconhece de longe. Aproveitava para se colocar à disposição da viúva. Não era um homem rico, mas tinha seus contatos. Ela agradeceu com o mesmo movimento de cabeça que se repetiria todas as vezes que fosse abordada aquele dia. Pensava que aquelas flores combinavam com o homem que as havia encomendado.

9.

O bar fechou mais cedo naquele dia. Não teria como. Todos os lugares vazios. Ganso arrastava o pé, impaciente. O curativo em um estado lastimável. A pressão subia quando ficava nervoso, a circulação aumentava e a bandagem tingia-se de sangue.

Dolores varria o ladrilho que o morto adorava enquanto esperava a filha para irem juntas à despedida do velho. Esfregava a vassoura repetidas vezes nos cantos, onde não havia nem sinal de sujeira. Porra, Ganso, você devia ir junto com a gente. Duas mulheres sozinhas no meio de um monte de homens casados, não pegava bem. Além do que, o japonês era "ponta firme", nunca fez mal a ninguém e merecia aquela última, embora única, consideração. E se continuar trancado desse jeito, quando for sua vez, ninguém vai no seu velório. E velório vazio é sinal de pessoa ruim.

– E quem liga para o que acontece depois da morte, porra? – respondeu, projetando o pescoço. Nem disse que não ia. Iria, porque gostava do velho. O outro que falava pouco e não se metia na vida de ninguém.

Celeste chegou perfumada. Com uma saia inapropriada para aquela ocasião, segundo a mãe, que percebeu o olhar do companheiro que não era. O olhar incomodava muito mais do que a saia. Iriam os três. Fazia tempo que Celeste sequer cumprimentava o padrasto. A comoção da morte não foi o suficiente para reverter aquela decisão. Resmungou quando Ganso teve dificuldade para fechar a porta. Entrou na sua frente e desceu a porta com uma mão, olhando firmemente em seus olhos. Pediu que a mãe se apressasse. Apertou o passo em direção ao ponto de táxi que ficava na esquina da estação. Ganso tentou acompanhar. Mancando. Ela andou mais rápido. Ele embarcou ofegante no banco de trás. As duas já acomodadas. Celeste, no banco da frente, avisou que pagaria a corrida.

10.

O percurso entre o bar e o velório municipal, localizado do outro lado da cidade, em um domingo à tarde, era uma excentricidade para Ganso. Todas as eventuais e imprescindíveis saídas eram planejadas de acordo com o funcionamento do bar e condicionadas a horários e lugares de pouco movimento.

O oposto daquele domingo, em que o dia brilhava e as ruas fervilhavam de gente. A vizinhança do velório era inusitada. Bares e restaurantes dividiam o quarteirão com carros funerários e cortejos mortuários.

Esculturas metálicas enormes pontuavam os cruzamentos. Fachadas de concreto e vidro. Ganso calçava chinelos, impossibilitado de usar sapatos por conta do ferimento. O que contribuía para aumentar seu desconforto e seu estranhamento. Não reconhecia nos estabelecimentos do caminho qualquer espécie de bar.

O táxi estacionou em uma vaga reservada para idosos. Recusou, ofendido, a ajuda de Dolores para descer do carro. Concentrou-se. Evitou olhar para o grupo que fumava na porta. Com precisão, segurou firme no carro e apoiou a perna boa no chão. Respirou fundo, projetando o corpo para o lado de fora, no impulso. Deu certo. Com agilidade, inverteu a posição da mão, apoiou-se no capô e, cuidadosamente, tocou o chão com o pé machucado. Ainda escorado no carro, acenou para o grupo, que fingia não perceber o esforço. E assim, entre fingimentos e formalidades, cruzou a mão nas costas e seguiu mancando firme em direção aos amigos. A posição dos braços evidenciava os anos de cerveja que ainda não o tinham abandonado. A barriga inflada equilibrada nas pernas magras.

Era como se o domingo do bar, o domingo que era só do bar e só podia ser chamado de domingo por isso, fosse transferido para o velório. Sem as cartas, apesar de os jogos e as parcerias serem as mesmas. Ganso só descruzava o braço das costas para apertar a mão de alguém e, rapidamente, retornava à sua postura. Dolores e a filha aproximaram-se para ver o morto. Ele ficou do lado de fora, sentado ao lado da senhora de quimono. Disseram que o japonês estava sem barba. Não queria ver. Aquele sem barba nem era ele.

11.

Os pássaros escoltavam o desfile do seu corpo entre os bares movimentados que ele não reconhecia. As pessoas bebiam e riam dos seus pés. Os rostos tão mofados quanto as paredes do velório, as cabeças das bonecas e seu bar. E bem que podia ser a sua cama, ou a outra cama que levaram sem sua permissão. O cheiro da velhice, da urina, o mesmo que já sentira no quarto da mãe, do pai e em todos os quartos de personagens nem tão santos, impregnava o colchão e os lençóis, e, por mais que os lavasse, pedisse que os lavassem, o cheiro permanecia, cada vez mais enjoativo. Aqueles pássaros eram um inferno. Concluiu que o que os atraía poderia ser o cheiro.

Encharcou-se de desodorante antes de claudicar até a banca. O motorista de táxi que os levara no dia anterior até o velório estacionava o carro. Passou longe. Receava que percebesse o cheiro, aquela mistura constrangedora de velhice, urina e perfume. Até do jornaleiro manteve distância. As sirenes do caminhão dos bombeiros insistiam. Pensando bem, queria as maiores coroas do mundo. Queria que cercassem seu corpo de flores para que aquele cheiro desaparecesse.

12.

O movimento daquela segunda era o mesmo de outras segundas sem morte. Muita cachaça pela manhã. A semana precisava ser arrancada do domingo. Ganso posicionou a garrafa ao alcance de suas mãos, para que se movesse o menos possível. Dolores varreu cada centímetro dos hexágonos vermelhos que o morto admirava. Andava descalça pela manhã e irritava-se com a poeira que grudava nas solas dos pés. Caminhar sem os sapatos também era uma forma de inspecionar a limpeza que fizera na noite anterior e a sujeira que Ganso trazia da rua pela manhã.

Dolores não bebia e nem jogava antes do meio-dia. Aprendera com sua avó que segunda não era dia de beber. Mas servia a cachaça dos que não se importavam. Para esquecer a privação, varria o dobro.

A primeira rodada do carteado terminou pouco antes do horário do almoço. Abria a sequência de despedidas. Os jogadores retornariam no período da tarde, voltariam a se despedir e retornariam para o turno da noite. Ganso lavava os copos quando um homem careca, com um colete da prefeitura, chamou sua atenção. Segurava uma pasta embaixo do braço e perguntou pelo dono do estabelecimento. Ganso estufou o peito e esticou o pescoço. Era o que faltava. O prazer era só dele. Estou trabalhando. Diga lá. Sobre o balcão, o intruso abriu uma planta que só fazia sentido para quem fosse arquiteto. Tudo visto do alto, como se estivesse no balão. Os lugares que não existiam para ele e só via na televisão.

Ignorou deliberadamente a exposição do invasor. Reconheceu as representações da estação e do aviário. Os desenhos, não os lugares. Nunca vira nenhum balão sobrevoando a vizinhança e não concebia como aquele ponto de vista fora produzido. As pombas não estavam no desenho.

Conectando os dois lados da linha de trem, uma minhoca cinza, que ele não reconhecia. Esse é o projeto, de um lado para o outro, por cima, sem sinais, cancelas ou cruzamentos. O fim dos congestionamentos. Uma maravilha.

A voz irritante do visitante e a elegia progressista o trouxeram de volta. E a banca de jornal? Que merda de desenho era aquele que nem lembrava da banca?

A banca só dava prejuízo. As revistas foram substituídas por balas e produtos chineses vagabundos. Os jornais acabariam. No futuro, as bancas não existiriam.

Não, a banca não sairia dali. Cadê o bar?

Já reservamos um lugar muito melhor para ele depois da mudança. Mais espaço, sem problema para estacionar. Uma vizinhança selecionada. Com a indenização, ele compraria móveis novos, até uma chopeira.

Ganso encarou o desgraçado e apertou o seu braço até que sua mão adormecesse. O sorriso tonto do intruso desmanchou. Selecionado é a puta que te pariu. Lembrou de Rita. Aquele babaca não merecia ser filho dela.

Seleção é te botar para fora do meu bar agora. Quem permitiu que ocupasse meu balcão com essa merda toda e falasse pela minha boca? Você só pode ser maluco. Nem eu, nem a banca, nem ninguém. Desenho é desenho, gente é gente. Nem carro ele tinha, nem queria. Que os viadutos explodissem. Nunca vi você por aqui. Vai se meter na casa da sua mãe! Aqueles filhos da puta da prefeitura nunca andaram por essa rua e viaduto nem calçada tinha. Que você, seu chefe, a prefeitura, o presidente...

Contraiu involuntariamente o pé depois de sentir uma pontada no dedo. Devia ser a pressão. Soltou o braço do careca. Dolores chegou com as batatas do almoço e surpreendeu-se com o corpo contraído de ódio de Ganso. Não compreendia o motivo, mas pressentia o desfecho. O intruso tentou remediar, boa tarde, senhora, prazer em conhecê-la. Foi novamente desprezado. Que porra é essa, Ganso? O que esse idiota quer?

O idiota, encurralado, desculpou-se de antemão, pediu licença. Era o seu trabalho, a intenção era ajudar. Pense bem, qualquer coisa era só ligar. Deixou o cartão sobre o balcão.

– Enfia esse cartão no cu.

13.

A mãe elaborou a nova perda sentada à margem das águas que ela confiava terem levado sua filha. A falta de vento transformava a superfície em um espelho. Assim como se via refletida, observava a menina nadando entre os galhos retorcidos. Se pudesse, teria atirado o corpo do companheiro na água. Os peixes o devorariam até que desaparecesse em sua forma mais conhecida. A própria filha se alimentaria dele.

Com uma enxada do seu tamanho, o cabo da espessura de seu braço, caminhou com os passos apertados, um pé bem junto do outro, como se usasse um vestido longo que a impedisse de se movimentar com maior fluidez, até a trilha das flores. A pequenez do corpo nada tinha a ver com fragilidade. E a timidez dos movimentos magicamente se transformava em ferocidade. Destruiu uma a uma, com golpes precisos de enxada, todas as cabeças de boneca que serviam de vasos e espantalhos. Os rostos, as pinturas esmaecidas dos olhos dos brinquedos, da súplica à raiva cintilante. A violência seca. Pedaços de bonecas e restos de flores esparramavam-se pelo chão. Em menos de uma hora, todas as cabeças só existiam em pedaços. Recolheu cuidadosamente os fragmentos de plástico e borracha, que a terra não transformaria.

14.

Conforme previsto em uma cidade que esbanjava progresso e hipocrisia, uma cidade do futuro que não era, sempre que alguém importante morria, era agraciado com uma escultura de sucata.

A suntuosidade das esculturas poderia nos induzir a pensar que homenageavam mais a cidade do que o homenageado. Os artistas empenhavam-se no trabalho, independentemente da atuação muitas vezes controversa do retratado. A prefeitura pagava bem, e alguns artistas viviam exclusivamente das deferências mortuárias.

Um prédio em tamanho natural, oito andares, quatro apartamentos por andar, foi todo construído com retalhos de peças automobilísticas para relembrar um importante construtor que morrera em um acidente de carro. O prédio-escultura era uma obra de arte e, naturalmente, não poderia ser habitado. Foi todo cercado com correntes para que não fosse ocupado. Um corpo de funcionários da prefeitura passava os dias lustrando cômodo por cômodo, mesmo os que não podiam ser vistos.

Como ficava estrategicamente colocado em uma das entradas da cidade, local nobre, normalmente ocupado por bandeirantes ou tratores gigantes, o excesso de brilho acabava por causar novos acidentes. O sol refletido na obra cegava os motoristas na descida da serra. O artista resolveu homenagear as vítimas utilizando parte dos carros retorcidos na composição da obra, que ficava cada vez maior.

No centro da cidade, bem em frente ao shopping e ao hotel, uma pirâmide de quinze metros de altura. Toda de alumínio. Reconhecimento à única turma de arqueologia formada pela universidade local. Um dos três alunos formados foi o responsável por escavar os restos da primeira construção da cidade. Uma cadeia de mais de quatrocentos anos, construída para abrigar os índios que se rebelavam contra a escravidão. Administrada por padres jesuítas, foi demolida para dar lugar a uma típica igreja barroca. Os índios convertidos ajudaram na construção do prédio.

Nenhuma estátua seria dedicada à memória de Fu Manchu. É bastante provável que o próprio velho, caso vivo, se sentisse desconfortável com qualquer homenagem desse tipo. Mas morreu. E o desconforto importaria caso estivesse vivo. No caso específico, inevitável levar em consideração o conforto de quem fica.

Disposto a subverter a lógica dessas homenagens, já que vira a morte e não a reconhecera a tempo, receoso por não ter respeitado os aparentes sinais que o destino lhe enviava, Gibão resolveu prestar uma homenagem ao amigo que imaginava. Como podia não ter reconhecido o velho? Se a morte estava estendida na sua cara, com todos os seus cheiros, não lhe oferecer a devida reverência soava a uma provocação.

Procurou o policial. Entre goles de café, dentes de alho e mordidas de caqui, com os braços pendentes e fiscalizado de perto pelo Jesus do peito, soltou, com o bafo de fruta temperada: Quem sabe uma pequena capela?

15.

Quando soube que a mercearia estava à venda, Ganso lembrou da agitação e da fala esquisita do homem que viera de muito longe. Os armários de madeira, com prateleiras abundantes, perfeitos para as garrafas. No centro da cidade, perto da estação de trem. A rua movimentada.

Crescera passando quase todos os dias em frente àquele comércio. Agora, morava do lado. A mulher não gostou da ideia. Era melhor que fosse em uma firma decente, carteira assinada. Podia ser a do tio, do amigo ou do vizinho. E não faltavam tios, amigos e vizinhos para o casal recém-casado e o moço trabalhador de olhos azuis.

Ela o vira da arquibancada do campo que não existia mais. Ele desfilava feito pombo. Enxugava a testa, balançava o cabelo, encurtava a bermuda. Ela torcendo e ele olhando, namorando e se casando, sem perceber.

As cortinas pesadas, os tapetes, os bandôs de cerejeira, o cheiro de madeira nova, lustra-móveis, café coado. O menino foi consequência. Quando Ganso viu que os olhos do filho eram azuis, de tão feliz, acabou com uma caixa de Antártica. Alertaram-no que, até o segundo ano, os olhos ainda poderiam mudar de cor. Não esperou para ver. No aniversário de 2 anos do menino, já não estava mais em casa.

E no bar, que agora também era casa, encantou-se com outros cheiros e os olhos negros. A madeira velha do armário das cachaças. Entre as contas, as cartas, as garrafas, os vidros, as ervas, os blocos, os clipes, as moedas, as cédulas que não valiam mais, os outros mundos, os remédios, as escovas, os panos, as conveniências, os não ditos, os pássaros e os impostos, embaralhadas, estavam as fotos das duas crianças.

16.

Agora, só faltava comunicar a viúva. Ninguém recusaria uma homenagem daquela.

Gibão vestiu uma camisa de seda florida, vermelha, que remetia à bandeira do Japão. Esperança piorara muito na última semana, piora que ele atribuía ao suposto descaso com a morte de Fu Manchu. Ela não saía mais da cama. A imobilidade causava-lhe uma impressão aterrorizante, como se a morte os espreitasse. Ele aproximava a mão de suas narinas muitas vezes ao dia para certificar-se de que permanecia viva. Ele ignorou o amigo estirado no asfalto, poderia ter ajudado. Como pôde ser tão idiota.

Fez um sinal da cruz ao passar em frente ao local onde construiriam a capela. Já podia vê-la. Deixou o asfalto em direção à represa. O policial, que lamentava não poder acompanhá-lo e havia percorrido o mesmo caminho há duas semanas, alertou-o sobre a dificuldade de encontrar a entrada da casa, camuflada entre a mata e os jacarandás.

Para sua surpresa, alguns metros antes de chegar à represa, avistou um caminho delimitado por pedras brancas, à sua direita, limpo e sinalizado. Uma placa indicava "orquídeas".

Apesar da inclinação acentuada dos últimos metros da estrada, conseguiu, sem maiores dificuldades, chegar com o carro até uma clareira. Ainda de dentro do carro, distinguiu a viúva sobre uma escada, pintando a frente da casa. Do alto, ela também reconheceu o espalhafatoso amigo do marido morto. Ele desceu do carro carregando uma caixa de caqui. Nos fundos da casa dela, havia uma plantação.

Na sala entupida de flores e aranhas, a viúva serviu chá de gengibre com muito açúcar. Gibão ressaltou a bondade do falecido, via-se bem. A casa bem cuidada, as trilhas limpas, as placas, as flores coloridas, evidenciavam que Fu Manchu era um trabalhador. Não podia ser esquecido. Não pela senhora, que eu sei que nunca esqueceria, nem por mim, que, por mais que quisesse, não poderia esquecê-lo, mas pela cidade. Por quem passasse pela estrada e sequer desconfiasse, mas dedicasse um sinal da cruz, um descanse em paz, um que Deus o tenha.

E fariam uma pequena capela. Tudo por minha conta. A viúva não precisaria se preocupar com nada. Nem agradecer, faria de gosto. A amizade sem preço. Ambos adoravam as plantas. Na sua casa, o lugar onde se sentia melhor era no jardim. Esperança também adorava. Antes de adoecer, ela passava os dias com as mãos na terra. Hoje ela quase não se movia. Assim como as flores.

Como não houve negativa, Gibão ateve-se a um possível sorriso para se convencer. Os orientais dificilmente demonstravam seus sentimentos. Conhecia muitos. Na feira, estavam por todo lado. Sérios. E as mulheres andavam sempre atrás dos homens, discretas, olhando para o chão. Também namorou uma japonesa. Nem bem um namoro. Mas sabia bem como eram.

17.

Aos que se dedicam toda uma vida a fingir que não, o reconhecimento da derrota é tão importante quanto a persistência. A imprevisibilidade do destino sempre garante a possibilidade de uma outra sorte. Até o ponto de saturação. Reconhecê-lo é fundamental para que a consumação da derrocada seja menos dolorosa.

O movimento da rua, os técnicos, as plantas, as conversas na esquina deixavam claro que o futuro independia da vontade de Ganso, e o viaduto seria construído, ele querendo ou não. A visita desagradável do funcionário da prefeitura indicava o ponto de saturação. A constatação agravou ainda mais as já precárias noites insones. Se conseguia dormir mais de duas horas consecutivas, era um milagre. As olheiras ameaçavam chamar mais atenção do que os olhos. A pressão subia, o ferimento piorava.

Inspecionou os artigos à venda na sua banca de jornal. Aquela banca era muito mais dele do que do filho do amigo. Jornais velhos empacotados para fezes de cachorro, capas de celular, mapas e guias de tabuada. Até as revistas de sacanagem estavam desaparecendo, substituídas por carrinhos de plástico, balas coloridas e cigarros paraguaios.

No jornal daquele dia, que depois serviria para recolher as fezes felinas e seria vendido pelo preço de um pacote de bala, uma matéria com fotos, desenhos, tabelas e comparativos sobre o novo empreendimento. Uma rotatória marcava o lugar da banca. O fantasma do bar aparecia esmagado por um pilar enorme. Tomou um comprimido para a pressão com uma xícara de café.

Que porra era aquela, vociferou Dolores, babando. Associou imediatamente a notícia às visitas misteriosas e ao mau humor crescente. E você sabia e não fez nada? Só sairia de lá arrastada por um trator. Precisariam de dois tratores, então.

18.

Declaração de utilidade pública da propriedade. Notificações, prazos, decretos, audiências, legalidades e as diversas opiniões. Todo aquele palavrório excludente e afetado. Um dos clientes mais antigos do bar era advogado. Decano. Vaidoso dos dons oratórios e do vasto domínio lexical, também era poeta. Participou das oito edições do compêndio municipal de poesia. Membro emérito da Academia Municipal de Letras. Fundador e venerável da loja maçônica mais influente da região. Entre audiências e importâncias, gostava mesmo era de uma "paratizinha" com limão, uma "cangebrinazinha" para "desopilar da labuta desmedida". Chamavam-no de doutor. Araponga, com certa maldade.

– Uma paratizinha com limão, por obséquio, meu digníssimo companheiro de desventuras.

Antes que ele terminasse a primeira das três doses que o transmutariam em poeta romântico, Ganso emendou:

– Celso, recebi aqui esses dias um cara lá da prefeitura. Quis me encher o saco com essa história do viaduto. Mandei à merda antes que ele começasse. Ele me deixou uma carta que eu nem li. Você tá sabendo de alguma coisa?

– Estimado amigo, essa história já está tramitando há algum tempo. Vi a reportagem publicada hoje de manhã no periódico. Inicialmente, coloco-me à sua disposição para a gente revisar esses valores, já tem um monte de expropriado requerendo a revisão das reparações. Eles sempre fazem a primeira proposta abaixo do mercado. Não se preocupe, você vai levar uma boa indenização. Faço de bom grado e sem nenhum custo. Não se preocupe. Vou até tomar mais uma parati para comemorar a consumação dessa nossa proveitosa e oportuna parceria.

Ganso, pescoço pronunciado, pomo saltando, serviu a segunda dose. Caprichada. Meio limão espremido. Sabia que aquela era a metade da conversa. Precisava ser mais objetivo.

– Doutor, agradeço e conto com a sua ajuda. Mas já vou adiantando que não tenho interesse em deixar o bar.

– Veja bem, meu apreciado amigo – e foi-se a segunda dose –, não seja tão precipitado. É uma grande oportunidade. Temos que medir com parcimônia nossos passos. Um bom combatente reconhece as armas e a efetividade do adversário antes de estabelecer sua estratégia de ação. Cá entre nós, que ninguém além da gente e do nosso Senhor Jesus Cristo nos escute, *grosso modo*, se eles quiserem que você saia, não temos muito o que fazer a não ser garantir uma boa aposentadoria para o meu grande amigo. A notificação de interesse público já foi publicada. Eles desapropriarão, independentemente da sua vontade.

– Vão desapropriar a mãe deles, aqui ninguém mexe.

A terceira dose com a mesma voracidade das anteriores. Ambos sabiam que era a melhor. Para os poemas. Fazia alguns meses que o doutor perdera a companheira.

A fatídica terceira dose ganhou em emotividade. De Castro Alves, senhor Deus dos desgraçados, a além da Taprobana. Camões, o Sri Lanka, os mares nunca dantes navegados, navegar é preciso, os olhos enchendo de água, a flor do maracujá que já fora branca, a Cabocla Teresa. Esperaram que chorasse. A mesma música que sempre cantava... *Só tu dormes, não escutas...* A tristeza conhecida, a música repetida, a quarta dose que não vinha.

19.

Uma semana depois, as primeiras casas começaram a ser destruídas. Os tratores contornavam o bar, que, de acordo com o cronograma, seria o último prédio a ser demolido, tendo em vista as complicações decorrentes da intransigência de um velho. A banca seria o primeiro fantasma. Fantasmas, ele conhecia bem. Os pássaros alvoroçados com o futuro amontoavam-se no seu quarto, sobre os armários, nos forros, nas caixas-d'água. As pombas buscaram poleiro no forro do quarto. A merda escorria pelas frestas entre a madeira e o cimento. Merda de pombo era foda.

Soubera pelo feirante que a banca encerraria suas atividades ainda naquela semana. Na derradeira travessia em busca do jornal, como se estivesse entalado com a espinha de um peixe, que mesmo morto, insistia em voltar a sua boca, resolveu apelar ao jornaleiro. Equilibrando-se no corrimão corroído da passarela, parava a cada três degraus para respirar fundo. O tempo construíra aquele caminho. O direito de destruí-lo era do próprio tempo.

Não esperou que o jornaleiro cutucasse a orelha e indagou com veemência, sem prólogo. Você concorda com essa merda? O outro transformou a revolta da pergunta em alívio. Graças a Deus! A banca não vendia nada. Chipes de telefone pré-pago, seda para maconha. Só não se livrou da banca antes em respeito ao pai. Ele adorava, me criou aqui. Agora só tem pombo e puta. Com o dinheiro da indenização, montaria uma adega. Já aluguei até o ponto. Mas não por isso, não se preocupe, daria um jeito de continuar entregando o jornal.

Não quero jornal nenhum. Vende para recolher merda do cachorro. Aquele bigode nojento. Vendesse merda de uma vez.

O peixe agora investia contra a boca fechada. Não desistia. Sentia o gosto das vísceras oleosas quando o apertou forte com os dentes. Essa porra não desiste. Encheu a boca de saliva e engoliu. As nadadeiras rasgaram sua garganta. O peixe saltava no estômago. A passarela, a praça, a calçada, o desenho no muro, a esquina, o lixo, o sereno, a boca de lobo, o táxi, o casal no banco da praça eram dele, reuniam a temporalidade do corpo. As casas derrubadas, os usos, os desusos. Mas um viaduto nem calçada tinha. Nem gente tinha. Vomitou o resto do peixe aos pés da passarela.

20.

Passou o dia nauseado, com as pernas para cima. Observando a rua, que se metamorfoseava. As cores desapareciam. A casa da Dona Luciana, bem em frente ao bar, seria esmagada por um imenso pilar de concreto nos próximos dias. Recordou o dia do falecimento de Dona Luciana, a elegante professora de piano, exatamente no quarto da frente, janela aberta para a rua. Beberam por ela. O velório aconteceu na sala da casa que agora também sucumbiria. Dona Luciana e seu piano no centro da cidade, entre o barulho dos ônibus.

O filho dos olhos negros aprendeu a tocar com ela. Ganso tentou evitar. Piano era foda. Podia ser outra coisa. Muita frescura. Os dedos longos e finos. Tinha que ser piano, porra? Viu o garoto chorar quando soube da morte da professora. Nem precisava chorar daquele jeito, na frente de todo mundo. Escondesse, engolisse, apertasse. Aqueles dedos finos, o piano, o choro. E ela estava velha, todo mundo morreria.

No dia da missa de sétimo dia da professora, os filhos dela colocaram a casa à venda. Ainda com os móveis e as roupas de Dona Luciana no armário. O preço abaixo do mercado. Deu certo. Um mês da morte, já penduraram na fachada a placa da imobiliária responsável pela venda. A própria imobiliária comprou a casa para montar seu escritório. O piano foi doado para a igreja. Um convento.

As freiras davam aulas de música. O filho agora também dava aula de música. O mesmo piano. Que merda. Podia ser outra coisa. Não precisava ser doutor. Agora, piano é foda. O piano longe mais ainda no centro. O outro longe mais ainda no centro.

Naquela noite, lembrando de Dona Luciana apoiada na janela, o piano tocou tão alto que os pássaros enlouqueceram. As pombas alvoroçadas sobre o forro cagavam por todo lado. O cheiro era insuportável. Essa morta nunca vai parar de tocar essa merda.

21.

Dolores acelerou ao ver a antiga casa do procurador cercada de tapumes, prestes a vir abaixo. Correu. Alardeava pelos quatro cantos sua torcida para que aquela casa caísse. A iminência da realização do desejo é assustadora.

Rita sobrevivia, outra vez ressaltando o amplo contexto abarcado por sobrevivência, da clientela adquirida em anos de labuta. Acrescida de poucos operários que repetiam os gostos e as preferências de sempre. Ela frequentava o bar com mais assiduidade. Bebia mais. Nunca se preocupavam com as putas. E quando não existissem mais os hotéis e nem a praça? Talvez fosse melhor assim. O mundo andava perigoso demais. Ela se aposentaria. Pagava o INSS. Era bom que fosse rápido. Com esse governo que só queria foder quem já estava fodido, o trocadilho inevitável, não podia correr o risco de ter de trabalhar mais uns dez anos. Queria ver se aquele filho da puta trepasse cinco vezes por noite. Devia ser brocha, aquela desgraça.

22.

A capela foi adquirida pronta, pré-fabricada. Um oratório de trinta centímetros, todo branco, e uma imagem de Nossa Senhora de Aparecida. Todo mundo era devoto da santa. Até no Japão.

Uma foto do homenageado com o cabelo e a barba compridos foi impressa em um pedaço oval de porcelana e emoldurado em arabescos prateados. O porteiro do cemitério era especialista em transferir imagens para as superfícies esmaltadas. O único da região. Além do pagamento em dinheiro, recebeu do feirante uma caixa de caquis. Sempre que passava no cemitério, Gibão levava frutas e uns trocados para os funcionários. Assegurava que o túmulo da família estivesse sempre limpo. Ele não passava nem perto. Preferia que cuidassem por ele. O cheiro das flores apodrecendo o enjoava. Rezar, ele rezava em casa. Também não via mal nenhum em comprar a reza de quem tivesse mais fé. Sempre que sabia de alguém de reza forte, dava um jeito de que rezasse por ele. Ele se benzia e agradecia com generosidade. Nunca lhe faltariam alhos, caquis e pés de alface. Duas beatas que viviam na catedral de Santana – a imagem da santa barroca entalhada em madeira policromada do século XVIII fora devidamente substituída por uma esculpida inteiramente com parafusos e brocas – passavam metade do dia de joelhos, pedindo por sua saúde e pela recuperação de Esperança.

Doações generosas à igreja, frutas e legumes de qualidade para as beatas e o fornecimento gratuito de cebolas para as festas da diocese. Ele benzia-se três vezes quando passava de carro em frente à igreja, qualquer igreja, benzia-se quando falava da morte, quando via alguém de que não gostava, quando entrava no campo, quando chegava a salvo, por proteção, precaução, agradecimento ou dívida. E se benzeria todos os dias que passasse em frente à capela, que ele fez questão de pagar sozinho.

No dia da inauguração da capela, o policial o esperava com a sirene da viatura ligada. Gibão estacionou o carro na mão contrária. Pelejou para conseguir atravessar a estrada segurando o oratório. O policial sinalizou com uma lanterna, para que os carros parassem. O feirante ensaiou uma corrida desajeitada. Desistiu. Os faróis dos carros o intimidavam. Imagina derrubar a santa.

Posicionaram a pequena capela em um local previamente limpo, sobre uma pequena plataforma de cimento, que o policial providenciara. Inclinaram suavemente a imagem em direção à mão da estrada. Permaneceram alguns minutos olhando a santa. Acenderam umas velas. Gibão não conseguia ajoelhar no asfalto para colocá-las sobre a plataforma. Deveria ter pensado nas beatas. Elas conheciam mais rezas. Um pouco de fé nunca era demais. Umas carpideiras. Sabia onde poderia encontrá-las.

De mãos no peito, como se escutassem o hino nacional, rezaram o pai-nosso, a ave-maria e o creio em deus padre. Quem passava diminuía a velocidade, acenava, benzia-se, buzinava, lamentava. Aquelas estradas eram um perigo.

Uma chuva fina começou, deixando os dois apreensivos. Honestamente, não sabiam o que fazer depois de rezarem três orações decoradas, acenderem as velas e se benzerem. Muito menos que horas deveriam deixar o acostamento. E quem tomaria essa iniciativa. A chuva só facilitou as coisas.

Esfregavam os cabelos, secavam discretamente os braços, sacudiam as cabeças. Um deles respirou fundo, congestionado. O outro espirrou com a boca coberta. A chuva apertava. Impossível ficar ali parado, por mais que se quisesse, no meio daquele aguaceiro. Era perigoso. O asfalto escorregadio, a visibilidade prejudicada. Era prudente. Benzeram-se pela última vez. O policial interrompeu novamente o trânsito para que o amigo atravessasse. Um pouco mais leve. Atravessou com cuidado, no seu tempo, sentindo a água escorrer pela barba e grudar a camisa no corpo. Algumas velas apagaram antes que os carros dessem partida.

23.

Ninguém ousaria dizer que o feirante não sofreu quando Esperança teve de ser transferida às pressas para uma casa de repouso. Nem capela, nem santo, sinal da cruz, beata, alho e uísque. O apagar das velas do oratório coincidiu com o declínio acentuado de sua condição de saúde. Catatônica. Os olhos ausentes. Sequer se alimentava. Gibão acendeu mais velas. Imperdoável ter deixado aquelas se apagarem. Encomendou todos os sabores de esfirra. Esfregou a comida no nariz dela, sujou a boca, as mãos, o quarto inteiro. Ela não se movia, nem para ir ao banheiro. Ele esforçou-se para ajudar, escorar, limpar, sentiu nojo, o joelho doía. Sua incapacidade o martirizava. Impossível ajoelhar-se ao lado da cama, nem para prece prestava. Ligou para o médico, para o amigo, esgotou o repertório de oferendas suculentas e agrados e deglutiu réstias. Alimentar-se era fundamental para que permanecesse viva. Ele até arriscou cozinhar. Recorreu, insistiu, procrastinou até pedir socorro.

Que assim fosse, seria melhor para ela, não tinha outro jeito. Continuando prostrada naquela cama, não sobreviveria. Necessitava de soro, enfermeiros e cuidados. Ele a visitaria cotidianamente, sempre que pudesse. Em breve, estaria de volta em casa. Tentou levantá-la da cama para colocá-la no carro. Fracassou novamente. Pedir ajuda naquela merda de condomínio era humilhação demais. Resignado, telefonou para o médico.

O doutor chegou em meia hora. Não reconheceu o feirante. Camiseta rasgada, lisa, de algodão. A barba amassada. A casa exalava alho e urina. Esperança inerte. Auscultou o pulmão, o coração. Iluminou seus olhos com uma lanterna. Ela permanecia dura, sólida, inerte. A pupila arregalada encarava a luz, desafiadora. Gibão esfregava os joelhos cobertos de cicatrizes. Socou o joelho imprestável. Não devia ter deixado aquelas velas apagarem. Que merda. Engoliu seco e sentiu a acidez do alho queimar sua garganta. Evitava olhar. Maldita chuva.

Quando saiu, ela sorria. Ele trouxe esfirras. Ela adorava as esfirras. Ele escondia tudo que ela pudesse usar para se ferir. Escondia tudo que a pudesse ferir. O pior era que a vontade de se ferir não terminava. O pior era que a vontade não passava. Mas ele cuidava. Cuidava para que ela não se ferisse, não que perdesse a vontade.

Na impossibilidade de colocá-la no carro do médico, decidiram chamar uma ambulância. Ele não se moveu nem quando os paramédicos chegaram. Olhava fixamente para o pingente dourado quando os homens a colocavam na maca. Jesus pesou no seu pescoço. O médico olhava-o com pena. Sinto muito. Ela se recuperaria e em breve voltaria para casa. Gibão sentia o peso do presente puxando-o para o chão. O médico entraria em contato. Era melhor que o feirante descansasse. O doutor parecia tão preocupado com ele quanto com ela. Aconselhou que dormisse um pouco, tomasse esse comprimido, lhe faria bem. O hospital era perto. Garantiu que acompanharia Esperança pessoalmente enquanto ele não chegasse. Fosse o tempo que fosse. O importante era descansar um pouco, dormir. Até mais tarde. Quando se sentisse melhor. Tudo que o feirante queria era um uísque.

24.

Justiça seja feita. A companheira, que agora chamaremos de florista, a florista não esteve na cerimônia de inauguração da capela simplesmente porque não entendeu nada do que o feirante lhe dizia, muito menos que a visita que recebera se tratava de um convite. Caso entendesse, se esforçaria. Acostumada à escassez de palavras, confundia-se no meio daqueles rodeios e elaborações. Passou o dia terminando a casa, pintou todas as paredes de branco e cuidou das plantas.

Protegida dos olhares, envolvida pela mata cada vez mais densa, a orquídea de pétalas de borboleta, que por esses tempos só existia por baixo da terra, em uma profusão de rizomas emaranhados, crescia além da superfície. Nas entranhas povoadas pelos insetos, o que se decompunha alimentava.

25.

Sexta-feira. O pequeno músico tocava Sílvio Caldas acompanhado do piano onipresente de Dona Luciana, para que o doutor chorasse. Repetir músicas para os mesmos ouvintes tem suas vantagens. O conhecimento prévio da reação permite que o repertório seja elaborado segundo os intentos.

E a mulher que eu amo tanto não me escuta, está dormindo. O feirante ausente. A distração não era mais uma novidade. Chupim embaralhou as cartas. Deixa assim. As palavras eram sempre um equívoco. Onze cartas para cada um. Trinta é trinta, três vermelho é dólar, dois é coringa e o três preto tranca a mesa. Uma camada de poeira, resíduos das destruições da rua, irritava as gargantas. Os pássaros bicavam suavemente as barbas e os cabelos.

Então desperta a flor do inverno, perfumada, nos lábios rubros da mulher agasalhada. Celeste irrompeu do silêncio. Atravessou o salão exibindo a satisfação. Apertava contra o peito um enorme buquê de rosas vermelhas.

26.

A demolição da casa de Dona Luciana foi naturalmente incorporada ao cotidiano. Ganso contemplava o desaparecer de camarote. Posicionava a cadeira e esticava as pernas brancas na calçada. A caminhada matutina foi substituída pelo espetáculo da destruição. O feirante trazia o jornal todos os dias, com duas horas de atraso. Sentava-se ao lado do amigo e esperava.

Segunda-feira, a casa amanheceu sem a placa da imobiliária. Foi roubada durante a noite. Não entendiam por que alguém roubaria uma placa. Horrorosa. Provavelmente, buscavam as lâmpadas e os fios. No galpão da feira, contrataram um segurança. Fatigados de ficarem no escuro. Os roubos eram constantes. Os fios eram valiosos, e a justiça, incompetente. Eles agiram, contrataram um segurança. Apesar de o salário mensal equivaler ao dobro do prejuízo que tinham com os fios.

As tintas das paredes desprendiam-se em blocos. O vazio acelerava a deterioração. O calor da presença segurava a cor nas superfícies. Bastaram alguns dias da casa vazia para que tudo virasse ruína.

O feirante raramente usava bermudas. Levantava a barra das calças largas até a altura dos joelhos. Ganso raramente usava calças. As canelas secas ficavam expostas ao tempo diariamente. Saudaram com um aceno os três rapazes que chegaram juntos, carregando marretas e picaretas. Os operários sorriram. Os filhos de Dona Luciana já beberam ali. Os funcionários da imobiliária também. Agora os pedreiros beberiam.

Primeiro cairiam as paredes internas. Depois desmontariam o telhado. Por último, as estruturas. Durante aquela semana de destruição, uma espessa camada de poeira cobriu a rua e permaneceu ali para sempre.

27.

O excesso de poeira demandava que o bar fosse varrido constantemente. Dolores esbravejava. Ela também foi obrigada a alterar seus caminhos. Para chegar até o mercado, era necessário contornar a rua. Um estreito corredor de tapumes era controlado por um segurança que organizava quem pretendia cruzar a linha férrea. As obras não alteraram o horário e a frequência dos trens. Entretanto, a passarela fora removida, para facilitar o trânsito dos tratores. Por duas vezes, Dolores teve de ser contida para que não furasse o bloqueio.

Galo comprou uma escova para limpar o feltro da mesa de jogo. O verde esmaecido de pó.

Todas as manhãs, Ganso e Gibão acomodavam-se com as pernas na calçada para conferir o espetáculo da destruição. A intensa atividade dos tratores suspendia grande quantidade de sedimentos, que se depositavam sobre os corpos dos dois. Vistos pelos rapazes que trabalhavam na obra, os dois senhores é que constituíam a atração. Lembravam aqueles artistas de rua, dos quais o centro estava repleto, que ganhavam a vida representando estátuas.

Foram os simulacros de estátua que se surpreenderam quando presenciaram uma enorme pedra ser retirada da cratera que agora representava a sala de Dona Luciana. Porra, igualzinha ao mármore do balcão.

28.

A dimensão inexata das recordações não nos permite apontar quanto tempo decorreu entre a internação e a morte de Esperança. Como o assunto nunca era comentado, as datas adquiriam a amplitude que se desejasse. O certo é que o feirante cumpriu sua promessa e visitou Esperança sempre que pôde. Embora o poder seja outra das dimensões abstratas do entendimento. O quarto vivia cheio de flores e, mesmo quando não podia estar presente, mandava o entregador da floricultura abarrotar o quarto de rosas e margaridas. Os funcionários da clínica, empanturrados de caquis, bananas e goiabas, arrumavam as flores todos os dias, regavam, limpavam, jogavam no lixo antes que apodrecessem. Antes que o apodrecimento fosse visto, acontecesse no quarto. Já que apodreceriam inevitavelmente, que fosse longe dali. Mas sempre chegavam novas, maiores e mais coloridas. Mandava esfirras para que os funcionários comessem no quarto, no lugar dela, quem sabe ela sentisse o cheiro, quem sabe a recordação lhe trouxesse o gosto, o desejo.

A única visita que Esperança recebeu, além de Gibão, foi a de Celeste. Ela insistiu. A resistência do feirante era frágil. Bastou a ameaça de um olhar de condenação. Era a primeira vez que via a mulher do seu antigo amante pessoalmente. A personificação da santidade. O estado da mulher petrificada na cama, sondas, cheiros e o olhar de morte foram o golpe de misericórdia. Como o feirante tinha deixado as coisas chegarem àquele ponto? Nem para cuidar ele servia mais. Ela se ajoelhou ao lado da cama. Segurou as mãos de Esperança. O olhar inexpressivo, sem vida, remetia mesmo ao de uma santa. Ele mesmo dizia. A calma com que esperava a morte. Rezou por ela, para ela. Uma mistura de pena e devoção. O desejo pelo amante desapareceu por completo. Deitar-se com um homem enquanto sua mulher agonizava. Ele precisava cuidar da mulher, que era uma santa. E conheci alguém, outro, arrematou Celeste. Ele já sabia. O outro das flores.

Ela continuou visitando Esperança com frequência. E dispunha de mais oportunidade do que o antigo amante. E, assim como ele, trazia flores. Todavia, ela, pessoalmente, as distribuía no quarto. Dispunha os vasos, rearranjava com carinho as flores que Gibão enviava. Conversava com os enfermeiros, organizava, rezava. Maquiou a mulher no dia do seu aniversário. Batom vermelho. Sombra que ressaltavam os olhos azuis. Um pouco de quentura na pele pálida. Importante estar bonita para receber as visitas. Logo seu marido apareceria.

E ele viu e entendeu. Chorou escondido de Esperança. Segurou as mãos dela com delicadeza. Cantou parabéns em coro com os enfermeiros. Dividiu o bolo com todo mundo. Eles comeram por educação. Celeste já lhes servira bolo poucas horas atrás. Chorou outra vez. No dia seguinte, Esperança morreu.

29.

Bastou a casa do procurador ser demolida para Rita se aposentar. Os hotéis vizinhos à casa, onde passava boa parte do seu tempo, ruíram simultaneamente. Uma construção escorada na outra, compensando os desequilíbrios. Passou no bar anunciando a última vez. Ao menos naquelas condições, era certo que não voltaria para o trabalho. Além do que, todos os muros e postes onde se apoiava também foram destruídos.

Pediu um conhaque para rebater o frio. Fumara um maço de cigarro inteiro durante seu turno de trabalho. Tossia. Não atendeu ninguém, nem quarto quente, nem banho, nem exercício. Os carros estavam proibidos, já que nem rua existia mais. Mas nem só de carro as pessoas chegariam até lá. Sabia bem. Os impeditivos não eram páreos para as demandas. Esperou.

Embora a espera tenha se revelado inútil, fez questão de atender um por um enquanto esperava. Entrou no carro do policial que gostava de ficar rodando pela cidade enquanto ela o acariciava. As casas eram as que já não existiam. Passou pelo mesmo hotel onde os lençóis estavam sempre esgarçados e sujos. Ela levava o seu próprio lençol na bolsa e o esticava sobre a cama enquanto os clientes a esperavam. Usava sempre o mesmo quarto. Quarto 5, no fundo do corredor do primeiro andar. Era menos barulhento e um pouco menos empoeirado.

Deixava uma garrafa de conhaque escondida no alto do armário. O banheiro era separado do quarto por uma porta de plástico sanfonada. Sempre ia ao banheiro antes de começar o trabalho. Inspecionava por uma fresta estrategicamente posicionada a reação dos clientes enquanto a esperavam. O modo como se comportariam frente à espera era um indicativo precioso de como o encontro se encaminharia. E se fossem os ladrões ao invés do policial, a rotina continuaria a mesma. Pouco importava quem. Policial que se fingia de bandido, bandido que se fingia de polícia e tudo o que se fingia.

Caminhou sobre os entulhos do hotel. Com o garoto, gastava menos de dez minutos. Era o acordo, por mais que ele insistisse. Ele não tinha dinheiro. Há muito aprendera que favores não se acumulam no campo das virtudes. E tantos outros sobre os escombros, surpreendentemente confortáveis. O marceneiro, o dos óculos, o manco, o bonitão, o que apanhava, o que batia. Sentou-se sobre a pilha de entulhos mais alta. O horizonte de poeira e vazio e os restos de azulejo do banheiro do quarto 5.

Quando o muro se desfez sob o olhar assustado de quem insistira em reconstruir o que não podia mais ser reconstruído, as pedras que voavam eram pássaros. Também amara os pedreiros sobre os escombros. Também amara a menina que derrubou o muro. Mesmo quando a espancava.

30.

Um elegante senhor batia na gola do casaco salpicado de poeira. Ganso espremia um limão na cachaça do doutor. Viu a figura aproximando-se e continuou atento ao espremedor. Os cavalheiros que ocupavam a mesa forrada de feltro verde, com as cartas na mão, também perceberam a presença e assoviavam os pássaros do fim da tarde. Cada um deles com o seu apoiado no ombro.

– Boa tarde, senhores. – Estendendo o cumprimento a todos os presentes. A contestação ficou restrita a alguns ruídos. Insistiu na simpatia: – Boa tarde, o senhor é o proprietário?

– Sou o dono – respondeu, sem tirar os olhos do limão.

– Senhor Olívio de Souza Pagano? – Uma enxurrada de grasnos espantou o atrevido inquisidor.

– Ganso. O que você quer?

– Sou oficial de justiça e preciso entregar-lhe uma intimação. Será que podemos conversar em um lugar mais reservado?

– Você tá pensando que eu sou algum tipo de puta? – Cacarejos, grasnos e gorgolejos. – Se tiver que falar alguma coisa, vai ser aqui mesmo. Aqui é a minha casa.

– Sou o advogado dele, pode falar comigo – apresentou-se Araponga, depois de emborcar a primeira dose.

Impaciente, Ganso esticou o longo pescoço e olhou pela primeira vez para a cara do intruso. Era um mau pressságio. Arrastou o pé machucado com uma velocidade não recomendada para fora do balcão. Acabou acertando a quina com o machucado. Urrou de dor. Dolores atirou as cartas sobre a mesa. Levantou-se. A bandagem ficou vermelha.

Aquele machucado demorara meses para começar a cicatrizar. O curativo refeito diariamente. Dolores atirou o copo de cerveja no homem. A culpa era daquele corno de merda.

O resto da cerveja que se espalhou no chão misturou-se com a poeira da rua, resultando em uma massa cinza. Ampararam Ganso até a mesa. Coró aproveitou o banco de madeira para manter o pé do amigo elevado. O oficial de justiça, encostado na parede, tremendo, entregou a intimação ao suposto advogado, que se "escusava pelo comportamento impróprio do seu cliente devido ao delicado do tema pautado".

Uma revoada arrastou o intruso para a rua. Uma coruja pousou no ladrilho, bem no meio do bar, atraída pelo sangue. Gibão benzeu-se.

31.

Gibão passava pouco tempo em casa após a morte de Esperança. Só dormia na sala. Naquela noite, deitou-se no sofá e demorou para conseguir desligar. Aquela porra daquela coruja só podia ser uma assombração. Sua avó odiava corujas. Dizia que traziam má sorte. Quando jovem, ele subia escondido com os amigos na torre da igreja, por uma escada de madeira crepitante e escura. Lá no alto, um sino enferrujado, que só tocava quando alguém morria. Mesmo o mais destemido dos pecadores acovardava com aquele comunicado. Ninguém ousava tocar no sino. Um dia, resolveram subir para a torre durante a noite. Prepararam tudo. Cigarros e cachaças roubadas. O medo excitava. Eram três, e Gibão era o mais novo. O último da fila. Os ruídos da escada ressoavam, aterrorizantes. Subiram correndo, impressionados pela escuridão. Como a porta que dava acesso à torre estava trancada, esgueiraram-se entre uma tábua solta para acessar o campanário. Entre o primeiro a entrar e o último, não se passaram cinco segundos. O pavor de ficar sozinho de um dos lados era imensurável. O pequeno cômodo era quase inteiramente ocupado pelo sino. Encostaram-se do lado oposto à porta. Acenderam uma vela e distribuíram os cigarros. O fogo projetava nas paredes úmidas da torre as formas que assombravam seus próprios quartos. As formas que mais queriam e as formas que menos queriam.

Prestes a se acostumarem com as sombras, pela fresta entre o sino e o medo, um pássaro invadiu o compartimento. O som das asas amplificado e o volume da ave distorcido pelo fogo. A coruja trazia no bico um rato que se contorcia. A projeção das suas sombras nas paredes arredondadas dilatava o tamanho da ave. Tão assustada quanto os invasores, a coruja soltou a presa e debatia-se em busca da saída. O rato contorcia-se, ganindo no chão. Dificuldade semelhante para encontrar a saída, porventura maior, encontraram os meninos em desespero. Faltou força para derrubarem a porta. Espremeram-se pelo vão entre as tábuas. Desceram as escadas aos tropeços, chorando e rindo concomitantemente. A vela acesa, os cigarros, as cachaças e as intenções de pecados acabaram abandonados na torre. Ofegantes, gozando da segurança da rua, observaram de longe os reflexos da chama que crepitava na torre. O sino iluminado pelo fogo. Correram para casa e dormiram com medo de que a igreja queimasse. Um princípio de incêndio foi contido por três homens que bebiam no bar em frente.

O feirante acordou assustado. Não conseguia movimentar o pescoço. Dormira com a cabeça apoiada no braço do sofá, resultando em um torcicolo terrível. Que merda! Os joelhos já o maltratavam o suficiente. Agora essa. Custou para se levantar e endireitou o corpo. Com as pernas de agora, seria impossível fugir da torre. Restaria chorar e enfrentar a coruja. Quiçá fosse a melhor opção. Precisava providenciar um quarto decente. Dormir no sofá aos 70 e tantos anos não dava. No quarto de Esperança, ele não se atrevia. Compraria uma cama nova e a colocaria na sala de televisão.

32.

Entre o dia em que Ganso recebeu a intimação do oficial de justiça e a audiência que definiria seu futuro, todas as noites seriam de insônia, todos os dias Dolores varreria a cozinha, todos os dias o feirante chegaria, todos os dias ele serviria cervejas, todos os dias a mesma cerveja, todos os dias seu pé pioraria. Todas as sextas de valsas. Todos os dias o doutor choraria. Todos os dias Esperança morreria. Todos os pássaros no quarto. Todos os ombros poleiros. Todas as segundas de expurgo. A única diferença era que, no sonho, seu pé de morto, sobre o carro de bombeiros, apresentava-se cada vez maior e mais disforme. Durante esse período impreciso, de mesmices, apenas dois fatos merecem atenção.

33.

Pouco depois da visita do oficial de justiça, outro senhor, com a mesma cara de oficial, apareceu no bar com o Coró. As mãos finas e os gestos delicados denunciavam um presumível equívoco. Coró estava no bar todos os dias de sua vida, com os mesmos amigos de toda sua vida. De onde tirara aquela figura que agora ele apresentava como um amigo de muito tempo? Se esse filho da puta – os xingamentos não fugiam às regras da mesmice – tentasse convencê-lo, abrisse a boca sobre as intenções prósperas da prefeitura e essa palhaçada toda, dessa vez, pularia a etapa da ameaça e voaria para cima do invasor. Desconfiado, serviu uma dose de cachaça para o amigo e uma água tônica para o forasteiro das mãos denunciadoras. Das duas, uma. Tônica em um bar daquele, àquela hora, só poderia indicar problemas de saúde ou o pior. Redobrou a atenção em busca de evidências. Gozava da vantagem da desconfiança e se comportaria conforme esse benefício.

Os dois amigos optaram por ocupar uma das mesas. Quando percebeu que o motivo da escolha do lugar não fora movido pela vontade de jogar cartas, colheu sua primeira pista. O balcão era o único lugar aceitável para se beber, caso não se estivesse jogando. As mesas eram exclusivas do jogo, dos casais, das mulheres e dos oficiais da prefeitura. Imediatamente, empunhou a vassoura, premeditando o primeiro golpe. Sentiu o coração disparar. Dessa vez, não hesitaria. Aproveitou para utilizar o cabo como bengala. Com o apoio, movimentava-se com mais agilidade. Sentiu-se bem, para, logo em seguida, se arrepender. Nunca usaria bengala. E não pensaria duas vezes em arremeter o cabo de madeira na cabeça daquele porra de oficial. E o Coró também podia se preparar. Que arrumasse outro bar para beber.

Ao aproximar-se da mesa para servir outra cerveja, o forasteiro das mãos leves pousou o olhar sobre o pé machucado. O fim de tarde garantia que o curativo, que havia sido trocado pela manhã, já estivesse em condições precárias. O intruso perguntou à queima-roupa o que havia acontecido com o seu dedo. Ganso projetou o pescoço, engoliu outro lambari vivo, gaguejou com o peixe entalado na garganta. Uma coisa à toa. Nada demais. Uma unha encravada, bobagem. O forasteiro intrometido, das mãos de menina, insistiu. Não parece. Acho que precisa de uns cuidados maiores. A situação parece delicada. Deixe-me apresentar, desculpe a intromissão, mas é que sou médico e não posso me furtar.

Era uma armadilha. Caíra em uma armadilha. Filhos da puta. Devia ser coisa da Dolores. Dos filhos ou sabe-se lá quem. Caíra feito um pato, com o devido respeito às ordens anseriformes, sem confundir. Sem tempo de reação, já estava com os pés na cadeira, ferimento exposto ao olhar curioso do outro, que, por uma dessas coincidências inexplicáveis, saíra para o bar com kit de primeiros socorros nos bolsos. Não está nada bom. Você já deveria ter procurado um médico. Não me diga que tem diabetes. Não teve febre. Precisamos urgentemente de antibióticos. Por acaso tenho uma caixa no meu bolso. Coincidência. Ganso seguia apático. Primeiramente, estava aliviado de o intruso não ser da prefeitura. Em segundo lugar, por concordar em segredo com o motivo da preocupação.

Em momento oportuno, Coró confessou a Dolores ter percebido uma espécie de alívio na expressão do amigo. Alívio que ele atribuía à consulta médica inesperada e impessoal, sem que ele precisasse propô-la e, consequentemente, reconhecer a gravidade da conjuntura. Não podemos confirmar essa impressão. O que sabemos é que Ganso optou por tomar a visita como obra do acaso, ignorando as impressões anteriores que o levavam a crer em uma armadilha. A porra do cara era um médico importante, deu de cara com o meu pé todo estropiado e agora tenho que tomar esse antibiótico por dez dias. Ainda disse que volta. Não teve como.

34.

O segundo acontecimento relevante foi, ao mesmo tempo, motivo de felicidade e de tristeza. O mínimo conhecimento de história e suficiente sabedoria para interpretá-la nos comprovam que a totalidade dos fatos, de Waterloo à morte do Procurador Jardim, da queda do Império Romano às ruínas da casa de Dona Luciana, sempre desperta, concomitantemente, sentimentos contraditórios. A dubiedade dos sentimentos é tão humana quanto inevitável.

Seguindo o fluxo natural das previsões, o filho mais novo de Ganso, aquele dos olhos pretos como a mãe, foi convidado por um amigo para trabalhar tocando piano em uma orquestra do interior. Longe. Conversou com a mãe, que se dividia entre o orgulho e a resignação. Conversou com o pai. Ambos do lado de dentro do balcão. Foram poucas as oportunidades em que o agora pianista se colocou do outro lado. O destino do filho do jornaleiro arrepiava o filho do dono do bar. O garoto nunca mais voltou.

35.

Ganso passou insone a semana que antecedeu a audiência. A expectativa impunha-lhe um estado de vigília permanente. E os filhos da puta marcaram justo para sexta, o dia de maior movimento no bar.

O pescoço afundado entre os ombros. O piano de Dona Luciana, quem sabe do filho que o abandonara, reverberava nas ruínas. Os pássaros o infernizavam, cada vez mais vorazes, alimentando-se de pedaços do seu ferimento. Aquelas bicadas eram as responsáveis por aquela porra de machucado nunca sarar. Teve a ideia de colocar um prato com pedaços de fruta no alto do armário, no intuito de saciar as aves. Espalhava mamão pelos cantos e pelo parapeito da janela. As aves preferiam seu dedo.

Esgotado, considerou não comparecer à audiência. Araponga, Doutor Celso, recomendou com veemência sua presença. As chances de sucesso eram boas, e o não comparecimento complicaria tudo. O semblante desgastado e a saúde debilitada de seu cliente eram trunfos valiosos. Era preciso ser muito impiedoso para obrigar alguém naquelas condições a uma mudança tão radical. Ganso odiava essa abordagem. Araponga insistia que tudo não passava de uma estratégia, só na audiência, entre eles.

À medida que a exaustão se evidenciava – e há quem diga que o advogado até se empolgava com a piora –, a resistência frente aos argumentos do doutor foi esmorecendo até a submissão completa.

Ganso confiava em seu advogado. Já que precisava de um, que pelo menos falasse a sua língua. Celso era testemunha do delicado sistema de energias que regia o funcionamento do bar. Mais do que um observador, era integrante daquelas conjunturas. Mesmo que não estivesse muito convencido de que brigar para ficar naquele lugar era a melhor opção. A rua já não seria mais a mesma, e os carros já não poderiam parar na porta. Nem mesmo a saída da estação, responsável pelo movimento da manhã e pelo ritmo de funcionamento do bar, ficaria no mesmo lugar. Os passageiros sairiam pelo outro lado e sequer saberiam que, escondido entre as colunas enormes que sustentavam o viaduto, havia um bar. Mas ele também se orgulhava do mármore daquele balcão tanto quanto o amigo que agora representava. E aprendera a respeitar a opinião de quem tinha convicção, mesmo que divergisse da sua. Um homem se fazia de convicções. Defenderia as do amigo com todas as suas armas. E a mais poderosa agora era apelar para a vulnerabilidade do pobre velho.

36.

Escutou Dolores perambulando pela casa durante toda a noite que precedia o encontro com o juiz. O quarto recendia a mamão, velhice e merda de pombo. Não compreendia como aquelas aves malditas conseguiam entrar por baixo do cobertor para comer pedaços do seu dedo. Assim que tudo isso passasse, colocaria telas em cima dos armários para que elas não pudessem mais fazer os ninhos.

Tomado pela agonia, investiu contra os pássaros com o rodo. Os desgraçados eram rápidos demais. Não acertava um. O esforço aumentava a pressão, e o sangue escorria. Os pássaros se agitavam. Derrotado e ofegante, encolheu-se na cama, sob o cobertor. Não deixou nem a cabeça de fora. Ainda que não enxergasse as aves, o barulho das asas e os piados eram ensurdecedores. Quando o primeiro trem chegou na estação, elas desapareceram.

A audiência estava marcada para as duas horas da tarde. Não deveriam marcar nada para sexta depois do almoço. Dolores comprometeu-se a cuidar do bar na sua ausência. A angústia não era uma exclusividade do casal que não era. Gibão apareceu com o jornal. Estava coberto de pó branco. A roupa suja. A barba empastada. Com os olhos opacos, passou um bom tempo imóvel, observando as ruínas da casa de Dona Luciana. Três doses de uísque antes das onze.

Ganso não quis comer nada. No horário que deveria estar comendo, ele foi tomar banho. Demorou mais tempo do que o normal. As caixas de sabonete espalhadas por todo lado. Fez a barba com cuidado para não se machucar. Ultimamente, gastava muito tempo se barbeando. Qualquer ferimento poderia resultar em um problema desproporcional. O sangue não estancava. As feridas sempre abertas. O risco era desnecessário. Mas atrevia-se e sentia certo prazer em percorrer a pele fina do rosto com a gilete. Vestiu sua melhor roupa, o paletó do casamento, e esperou sentado, com o pé para cima e a cara branca de medo e poeira.

37.

A entrada na sala do juiz não podia ter sido melhor para o andamento da audiência. O advogado escorava o amigo no ombro. A roupa escura salpicada de poeira. O pó intensificava a palidez e a insegurança o diminuía. O juiz reconheceu o intimado. Já estivera no bar. Celso ficou feliz em vê-lo. Teve de ler no processo o nome do conhecido para não o chamar pelo apelido ornitológico.

– Boa tarde, Senhor Olívio! Não vou dizer que é um prazer tê-lo por aqui, porque poderia soar como uma ironia – disse o juiz, exalando simpatia.

– Boa tarde – respondeu seco, como se esperava. Ainda mais quando lembravam do seu nome que até ele esquecia, por vezes.

– Boa tarde, meritíssimo! – aproveitou o advogado, amparado na simpatia. – E espero que o senhor perdoe o humor do meu cliente, ele não é lá de muita conversa...

O riso simpático que ele encaixou no fim da frase foi um teste para avaliar o humor do juiz. Esperou um riso correspondente. Como esse veio logo em seguida, ficava claro que compartilhavam da mesma impressão em relação ao comportamento do seu cliente. Um mau humor pitoresco, honesto, digno de simpatia. Como todo dono de bar que se prezasse. Caso o Ganso soubesse dessa impressão caricata do seu temperamento, talvez se chateasse. O que importava naquele momento era que o advogado estabelecera, a princípio, o tom da narrativa que ele planejara. O dono de bar, velho, doente, rabugento e honesto, que não merecia ser deslocado do lugar onde passara grande parte da sua vida.

A narrativa desenvolveu-se repleta de alegorias e termos técnicos de que o intimado sequer desconfiava. A mistura do pó com a falta de comida (havia muito tempo que ele não ficava sem almoçar) o empalideciam cada vez mais. A tentativa de compreender aquele teatro consumia o resto de sua energia. Por duas vezes, o juiz interrompeu as argumentações, consultando sua condição.

Satisfeito com as burocracias e ciente do espetáculo sádico a que expunha o intimado, o juiz interrompeu a argumentação do advogado da prefeitura e perguntou diretamente ao conhecido:

– Senhor Olívio, o senhor está consciente de que por cima do seu bar e da sua casa passará um viaduto, e que o senhor deverá ter problemas que antes não tinha, como o barulho dos carros, a falta de luz, dificuldades de acesso e estacionamento, entre outras complicações?

– Sim, senhor. Os caras resolveram construir e nem me perguntaram nada, agora vai ficar assim...

– Mas o senhor tem a opção de sair de lá, o que eu considero uma ótima alternativa nesse caso, e receber uma indenização para comprar um espaço em outro lugar menos complicado. O senhor sabe disso?

– Já me disseram. Mas não vou sair.

– Pense bem, pode ser uma ótima oportunidade.

– Já pensei. Só saio de lá preso ou morto.

O juiz abanou a cabeça em desacordo, mas com complacência. Sabia que aquela conversa não chegaria a lugar nenhum. Ou desapropriava e pagava em juízo a indenização ou deixava o velho lá até que morresse, o que, tendo em vista o estado que ele apresentava naquele momento, não parecia demorar muito. Só precisava da confirmação de sua intransigência. Já avaliara o impacto e os desdobramentos. O jurídico da prefeitura concordava. O velho morreria logo.

– Bem, já que o senhor é teimoso feito uma porta e não está aberto a conselhos ou opiniões, me cabe, como juiz e amparado pela legislação, indeferir o pedido de desapropriação embargado pela prefeitura deste município e garantir a propriedade e o direito do Senhor Olívio... de continuar vivendo e trabalhando em sua propriedade, com dignidade e segurança, até quando lhe for possível.

Ganso quase sorriu.

– Quer dizer que posso ficar?

– Pode, Ganso – disse o amigo, com o mesmo sorriso.

Ele se levantou para agradecer e, sem forças, desmaiou em frente ao juiz.

38.

E, no jornal daquele dia, a chácara das flores aparecia em fotos coloridas, a viúva com os pés descalços e graciosamente sujos de barro. A imigração japonesa, os ilustres trabalhadores, a tradição e a seriedade. A esposa do veterano morto em combate. A verdade da luta soterrava os detalhes desnecessários. As flores brotavam em avenidas sinalizadas, recebiam visitantes de todos os lados, integravam os circuitos turísticos da região. Logo mais um livro sobre as maravilhas botânicas do Paraíso das Micro-orquídeas. Obra de um veterano da guerra, morto em combate. A jovem viúva cuidava com esmero da herança do companheiro assassinado. Ele que fora um herói. Baluarte da imigração e defensor da honra e das tradições japonesas.

E o jornalista transcrevera tudo tal e qual ouvira. Uma grande matéria. Um herói, uma companheira de vida, as flores mais lindas. Um símbolo da contribuição nipônica para o tão grandioso tecido cultural da cidade. As orquídeas coloridas, a foto do veterano de barba e chapéu, evidentemente um sábio herói, a delicadeza dos pés descalços e enlameados. A melhor capa do caderno cidade dos últimos anos.

A covardia, o medo, a discrição, os traumas, a carqueja, a humanidade em geral do nosso antigo personagem já não existiam mais. Um novo personagem era criado, amalgamando narrativas diversas e convenientes. Como quase ninguém sabia da verdade, e a única verdade possível é a ficção, o herói de guerra vencia a batalha contra a própria imagem e nascia do que um dia fora o outro. E este outro merecia o jornal. Merecia o reconhecimento. Correspondia aos desejos e aos inatingíveis. Quem sabe um monumento.

O prefeito leu a matéria e surpreendeu-se por não conhecer o ilustre personagem. O potencial político era enorme. Um festival de orquídeas, um encontro de especialistas, um monte de turistas, flores são sempre uma aposta certeira. Em caso de dúvida, pinte flores. Um concurso de pinturas botânicas, óleos, aquarelas, fotografias. Resolveu visitar a chácara pessoalmente. Veria com seus próprios olhos, olhos sensíveis, políticos, olhos de empreendedor. Demonstrava arrojo e tecnicidade no projeto do viaduto. As flores contrabalançariam, emprestariam a aura de sensibilidade e poesia. Um gestor comprometido com o progresso, endurecido pelo trabalho constante, capaz de manter a ternura. Um revolucionário. Convocou o secretariado, o jornal e os fotógrafos. A assessoria entrou em contato com a administradora do empreendimento botânico, pega de surpresa com a alcunha e a demanda.

39.

Os carros oficiais encontraram dificuldade em percorrer os últimos metros da ladeira de acesso à chácara. Seis carros pesados, pretos, novinhos em folha. A assessoria deveria ter providenciado umas caminhonetes. A umidade deixava o chão escorregadio. Os sapatos de sola lisa, madeira e couro, cuidadosamente trabalhados, tornaram os cem metros de caminhada de onde foram obrigados a deixar os carros até o terreiro da casa uma verdadeira aventura. O prefeito escorregava, chegou a cair de quatro, de joelhos, enfurecido. As calças marcadas de lama. Anotem aí, ordenava para o assistente. Calçamento urgente.

A florista os esperava com os pés sujos de barro, conscientemente sujos de barro, assim como o japonês escolhera vestir a barba de Fu Manchu. O prefeito sorriu azedo, observou calculadamente a posição do fotógrafo para garantir a melhor imagem para estampar o jornal e, afetadamente, apresentou-se e ofereceu-lhe um buquê de flores. Era um hábito da prefeitura oferecer flores aos seus homenageados.

A foto não ficou das melhores. Como não poderiam aparecer as marcas de barro na sua calça e o buquê era quase do tamanho do tronco da florista, o fotógrafo teve de inventar um enquadramento atípico, de baixo para cima, ressaltando ainda mais a diferença de tamanho entre os dois e o volume desproporcional do buquê.

Percorreram a trilha, acompanhados de toda a comitiva, dezenas de tuins, jacus e urubus. Descalça, deliberou sobre as espécies, hábitats, desenvolvimento, sustentabilidade, reprodução, raridade, tamanho, polinização. As flores diminuíam à medida que a experiência se intensificava. Da metade da trilha para a frente, ficava impossível, com a qualidade dos equipamentos disponíveis, das lentes normalmente utilizadas pelo fotógrafo, registrar o prefeito ao lado das atrações diminutas. De que adiantavam flores com as quais ele não podia ser fotografado? A incansável mente empreendedora e criativa impressionou-se com a própria perspicácia. Anotem, ordenava para os secretários. Construiremos um painel de dois metros, enorme, daqueles que você usa para fotografar, um *display* enorme das minúsculas flores, para que os visitantes possam levar uma recordação.

o outro dos pássaros

Vozes das aves.
Nessas horas, um poeta
não tem mais mundo.

Matsuo Bashô, 1688

1.

O ponto final do ônibus ficava a menos de uma quadra da casa de Rita. Antigamente, ela chegava com o dia nascendo, no primeiro horário da manhã. Com o passar do tempo, o perfil da clientela foi mudando e a disposição para o trabalho, declinando, à medida que as varizes a torturavam. Foram anos equilibrando-se naqueles saltos, muito tempo de pé. Não suportava mais calçar aqueles sapatos. Passou a fazer ponto sentada e voltar mais cedo para casa. Independentemente do horário, nunca deixaram que ela pagasse a passagem.

O bairro em que morava ficava no meio do caminho entre a cidade e o campo. Quando sua casa foi construída, os primeiros muros erguidos, a aposta dos moradores e do setor imobiliário era de uma zona promissora, que, em pouco tempo, se transformaria em um movimentado centro de comércio popular. Farmácias, mercados, açougues, lotéricas, padarias. Não deu certo. As obras foram embargadas por estarem em uma área de manancial, o zoneamento seguiu como era, o mato cresceu e os milhares de casas previstas reduziram-se a poucas dezenas espalhadas entre ruas de calçamento precário, um bar que funcionava como mercearia e um pequeno trailer de cachorro-quente, estrategicamente localizado entre a parada de ônibus e a porta de sua casa. Muitas vezes, aquele sanduíche salvara o seu dia. Além disso, o movimento atrás dos lanches, apesar de não ser grande, era contínuo, durante o dia e a noite. Fazia com que se sentisse mais segura.

As paredes da sua casa eram impecavelmente brancas. Imagens de Nossa Senhora e São Benedito espalhadas em oratórios e prateleiras. Cristais, pedras, incensários e flores. Sempre que podia, comprava pequenos vasos de violetas, margaridas, onze-horas, azaleias. Regava duas vezes ao dia, uma antes de sair e uma assim que voltava. O quintal cercado pelo muro alto, coroado de pregos e cacos de vidro. As flores suavizavam sua forma agressiva. Pregadas ao muro, pequenas plataformas de madeira feitas de caixas de feira, com mamões, bananas e pães velhos. Para alimentar as centenas de pássaros que se refugiavam no seu quintal.

Sempre que chegava em casa, deixava os sapatos na soleira da porta de entrada. Independentemente da exaustão, aguava as dezenas de vasos. Rezava e benzia-se em frente a todos os santos. Tomava um banho demorado, esfregava cada centímetro do corpo com uma bucha vegetal, com a água do chuveiro bem quente. Secava o cabelo, vestia uma camisola de algodão cheia de florezinhas e desmaiava. Se o trabalho dignifica o homem, imagina o que faz com a mulher, ironizava. No começo de sua carreira longeva, até se divertiu. Sobrava dinheiro e uma espécie de poder. A intimidade que compartilhava com os clientes, em segredo, conferia-lhe o privilégio da onisciência. Caso resolvesse abrir a boca, não sobrava um.

Essa ilusão durou bem pouco tempo, e a diversão sumira definitivamente da sua vida. Todos aqueles segredos acumularam-se e acabaram pesando sobre os seus ombros. Ocuparam, inclusive, o espaço que deveria ser reservado aos seus próprios mistérios.

Ela comprou um jaleco branco. Antes de entrar no ônibus, fosse a hora que fosse, vestia o jaleco sobre a roupa. A Rita enfermeira. Difícil saber quem acreditava. Ela mesmo, de tanto dizer, já não duvidava. Aprendeu a aplicar injeções, medir pressão, fazer curativos. Cuidava das meninas do trabalho, dos abortos, das convalescenças, dos filhos que nasceram e da memória dos que não. Ela cuidava dos que vingavam contra a vontade e dos que se iam, repletos de certezas.

Quando Dolores ficou grávida do dono do bar, casado, procurou a enfermeira para que a ajudasse com o aborto. Rita percebeu que faltava à amiga a convicção que se fazia necessária para aquela escolha. Recusou-se a dar sua opinião. Aprendera a duras penas que os conselhos eram privilégios de quem podia arcar com as consequências. Ela não opinaria nunca, a decisão só cabia a quem carregava o feto na barriga. Caso a amiga decidisse, estaria à disposição. A barriga cresceu, o menino vingou, foi motivo e desculpa, e nunca mais falaram daquele assunto.

Quando viu o garoto tocando piano, lembrou que, por pouco, ele não teria nascido. Quando o garoto foi embora de casa para não voltar mais, entendeu que aquele era o destino inevitável. Sem julgamento. Também via o outro filho de Ganso, que nascera sem dúvida, de olhos azuis, visitar o pai apenas quando convinha. O pai também só não esqueceu os dois porque mantinha as fotografias deles entre as cartas nas prateleiras do bar, e sempre alguém perguntava. Mas Rita nunca julgaria nenhum dos três. Sabia que a certeza era, na inúmera maioria das vezes, um equívoco. E todas as atitudes, decisões, amores e rebentos oriundos da certeza eram mentira.

2.

Os personagens do bar também pertenciam a Rita. Muitos deles, antes mesmo de aquele bar existir. Apesar de quase nunca falarem, ela desvendava aqueles personagens sem nenhum esforço. Se não conhecesse pelo nome, pelo outro nome, era raro que não tivesse ninado, amado, chorado ou expulsado. Ela achava graça nos malabarismos que faziam para evitá-la quando a encontravam na rua e estavam acompanhados da família. Aprendera a conviver com a hipocrisia, sem esquecer o quanto os hipócritas eram traiçoeiros.

Com Galo, o pai de santo, o encontro mais recente aconteceu logo depois do episódio em que o muro se desfez sozinho. Deu de cara com ele no supermercado, no dia seguinte do acontecido. Estava acompanhado do seu filho mais velho. Um moço bonito, trabalhava como policial rodoviário. Ela conhecera tantos iguais àquele garoto que apostaria quais seriam suas fantasias só de olhar como ele estufava o peito enquanto empurrava o carrinho das compras.

Abordou o assunto sem rodeios, na fila do açougue. O muro se despedaçara, ela rezou, acendeu uma vela. Era católica, ele sabia bem. Mas não duvidava de nada. Pediu que ele lhe fizesse uma visita, um descarrego, uma defumação. Era preciso acalmar as memórias.

A visita aconteceu no sábado seguinte, pela manhã.

O pai de santo benzeu-se em frente às imagens de Nossa Senhora de Aparecida e São Benedito. Era a primeira coisa que se via quando se entrava na casa. Tirou os sapatos. O perfume das flores e o canto dos pássaros, ambos intensos, faziam crer que estavam no meio da mata. Acendeu um incenso, rezou em voz baixa, de olhos fechados, espalhando a fumaça pelos cantos da casa. Jogou sal e canela. Tocou no muro e sentiu um arrepio.

3.

Gibão fornecia frutas, milho e pão de graça para Rita. Ela passava o tempo em que não estava trabalhando alimentando as pombas. O feirante cultivava um carinho especial por ela. Deixava as sacolas com a amiga quando a encontrava na praça. Não disfarçava como os outros quando a via em público, durante o dia. Falava alto, abraçava. Ela se sentia bem na sua companhia. Pelo menos, não era hipócrita. Ela elogiava as camisas e adorava a imagem de Jesus Cristo que o amigo levava no pescoço.

Houve uma época em que os pássaros, que, nesse caso, não eram pombas, ficavam presos entre os alambrados de uma gaiola gigante bem no centro da praça. Rita passava os dias imaginando como soltá-los. Em uma madrugada, saturada de conhaque, recrutou, no excesso, um cúmplice disposto a ajudá-la a cortar os arames daquela prisão. Com um alicate, pacientemente, abriram um buraco do tamanho de uma porta na tela metálica.

Quando voltou ao trabalho, na tarde seguinte, apesar de o buraco ter permanecido aberto durante todo o dia, os pássaros continuavam dentro do viveiro. Não se conformava. Naquela madrugada, sozinha, saltou a pequena mureta de concreto e, através da abertura que ela mesma construíra, entrou na imensa gaiola. Os tucanos, faisões, papagaios e uma centena de pássaros menores dormiam sobre os galhos. Tentou espantá-los com uma blusa. Sacudia os braços, atirava a roupa para o alto, fazia barulhos, piava, gesticulava. Os poucos pássaros que se deram ao trabalho de despertar, voavam em círculos dentro do espaço limitado pela jaula. Ela tentava conduzi-los para a abertura com a blusa e com os gestos largos. Sem sucesso. Ficou brava, depois achou graça. Que merda. Como eram burros. Poderiam ir aonde quisessem. Se ela pudesse voar, já teria ido. Deus não dá asa a cobra, riu sozinha. E a estranha coreografia para libertar os pássaros acabou se transformando em uma espécie de elegia ao voo. Dançou como se voasse. Batia as asas, gralhava, piava, arrulhava, ululava, chilreava, crocitava, martelava, grasnava. Até ficar sem voz. Cansada, ficou com medo de ser presa. Só faltava essa. Tanto tempo sem cadeia e acabaria presa por invadir um viveiro. Riu outra vez e tomou o primeiro ônibus de graça.

No dia seguinte, a grade já havia sido reparada. Nenhum pássaro fugira. Nem árvores por perto existiam. Pensou que as aves não eram tão bestas assim. A prisão também as protegia. A ressaca a levava àquelas comoções desconhecidas. Observou os pombos, livres, que utilizavam as estruturas externas do viveiro como poleiro. Viviam dos restos da praça, com fome comiam até pedra. A liberdade nem sempre indicava sucesso. Ela alimentaria as pombas sempre que pudesse. Os pássaros que podiam ir aonde quisessem, se quisessem ir para outra cidade, outro país, para o céu, era só bater as asas. Existiam em toda parte. Quando comia em um dos bancos da praça, mesmo depois que o viveiro foi desmanchado, repartia a refeição, o que quer que fosse e independentemente da fome, com as aves, que ela acreditava serem as mesmas de sempre. E quem diria que não eram? Ela reconhecia cada uma pelo canto, chamava pelo nome, alegrava-se quando arrulhavam ao notar sua presença. E comiam o que fosse. De forma igual. De farinha a bife. Onde estariam os pássaros que habitavam o antigo viveiro? Ficou com dó. Se fossem soltos em outra praça, talvez morressem de fome. Algumas crianças maltratavam, botavam armadilhas. Nem toda praça contava com alguém que se preocupasse. Ali, naquele fundo, onde antes houvera uma grade, ela garantiria a comida custe o que custasse. E as pombas não sairiam de lá. Gostavam dela. Ficariam lá para sempre.

4.

Quando acordou, Ganso sequer sabia onde estava. Muito menos o que fazia com aquela roupa de casamento. Foram necessários alguns minutos até que seus olhos conseguissem distinguir o ambiente. Ouviu, ainda atordoado, a palavra audiência pronunciada ao longe. Reconheceu Araponga sentado ao seu lado. O advogado e alguns funcionários prestativos auxiliavam o pobre velho, que acabara de despertar na sala de café do fórum.

Um senhor daquela idade exigia atenção. E dar atenção a um senhor daquela idade era obrigação para qualquer cidadão de bem. E a conclusão era unânime. Ficar muito tempo sem comer teria sido a causa do desmaio. Um diabético, daquela idade, não podia deixar de se alimentar segundo as recomendações médicas. A raiva de ter sua vida e sua rotina escrutinada daquela maneira foram fundamentais para sua retomada de consciência.

Engoliu algumas bolachas e, lentamente, foi se recuperando. A bochecha flácida retomou a cor. Moribundo, apenas queria voltar para o bar, que, conforme Araponga recordara, seria sempre dele.

O advogado orgulhoso amparou, ainda que sob protestos, o cliente até o carro. Apesar da situação emergencial, não puderam chegar até o bar com o carro. A rua estava interditada e coberta de poeira. Foram obrigados a retornar e estacionar a duas quadras de distância.

5.

O desfecho favorável da audiência não implicou o fim das noites maldormidas. Dois dias depois do alívio, Celeste anunciou que deixaria a casa que dividia com a mãe. Não podemos definir o quanto a despedida afetou as já temerárias noites de insônia. O que podemos afirmar é que aquele desfecho já estava desenhado, e se alguém não havia percebido sua iminência, não o fizera por opção.

Dolores sofreu. Chorou escondida no banheiro que compartilhava com a filha, pela dúvida e pela culpa. Quem sabe se ela tivesse agido de outra maneira. Desejava que a filha colhesse sorte melhor que a dela. Longe dali. E fez o que podia para se convencer de que havia empenhado toda a energia possível para que a menina alcançasse o sucesso que ela não conhecera. Garantiu que a filha estudasse. Celeste chegou até a começar a faculdade algumas vezes. Cresceu uma mulher inteligente e muito bonita.

E a beleza cobrou um preço alto. A filha nunca soube o quanto Dolores também sofreu com aquele segredo. Ninguém além da Rita saberia. Apara as asas desse velho, recomendou a amiga, em raro conselho, talvez porque também sofresse pelo mesmo motivo. Uma noite, bem baixinho para que a filha não ouvisse, Dolores jurou com a mesma faca com que preparava a comida, pressionando o pescoço do companheiro. Já arranquei a cabeça de muito galo velho. Canta de novo que eu te degolo feito um frango.

6.

O bar era o único prédio que ainda existia na quadra. Ganso sentou-se com as pernas esticadas ao sol, curativo refeito, e esperou. O número de tratores era maior naquela manhã. Cavavam, empurravam, arrastavam e entulhavam tudo com determinação. Pedaços de pedra semelhantes ao mármore do balcão eram desenterrados dos profundos buracos que sustentariam as estruturas do viaduto. Um homem de colete reflexivo aproximou-se do bar. Cumprimentou educadamente. Ganso até fez menção de se levantar. Considerou que o homem queria tomar um trago. Aquele pó todo secava a garganta. O rapaz agradeceu a preocupação. Puxa, quem me dera. Minha garganta está colando. Quem sabe mais tarde. Agora, com todo respeito, acho melhor o senhor baixar a porta por alguns minutos. Por motivo de segurança. As máquinas estavam aceleradas, e a visibilidade dos motoristas estava comprometida. Enfim, se não se importasse.

Como não me importaria? Aquele era o seu sol, o seu bar, o seu tempo. Já não bastasse aquela zona, nem podia esticar sua perna. O juiz falou. Estava dito. Garantido. Que se virassem.

O experiente funcionário soube assimilar os desaforos e retribuir a agressividade com elegância. O sinal contrário da reação neutralizava a potência da investida.

Não queria atrapalhar. Respeitava os direitos. Se fosse ele, também ficaria bravo.

– Os caras vão terminar rápido, para não atrapalhar ainda mais. Depois a gente vem tomar umas – disse, sorrindo.

A manobra deu resultado. Ganso concordou em entrar e fechar meia porta por, no máximo, uma hora. Não podia ser prejudicado, precisava trabalhar. Estava à espera dos seus clientes, do seu jornal. Puxa, os clientes também vão se atrasar, informou o educado funcionário. Todos os acessos estariam fechados por motivo de segurança.

7.

Gibão estacionou o carro próximo à faixa de isolamento. Funcionários da prefeitura conversavam em torno de um trator enorme. O feirante enxergava apenas uma mancha translúcida no meio da poeira. Acenou como se os conhecesse ou pudesse identificá-los. Levantou a faixa e caminhou em direção ao bar com naturalidade. Um dos homens correu em sua direção camuflado pelo pó. O corpanzil contraiu-se quando sentiu alguém tocando o seu ombro. Achou graça do susto. Da direção do toque vinha uma voz sem rosto. A poeira impedia que se enxergassem. Sinto muito, senhor. A rua está interditada. É perigoso. Para sua própria segurança.

O primeiro "não" era sempre tomado como uma brincadeira e contestado com um sorriso. Sorriso invisível, devido ao pó, e que agora só existia para ele. E nem "veja bem" podia. Não se via nada. O feirante insistiu. Não poderia desamparar o amigo doente que esperava por ele. Imprescindível que seu estado de saúde fosse avaliado diariamente. E o jornal, o costume, a companhia eram fundamentais para sua recuperação. A idade era foda. Os valores mudavam, os hábitos encorpavam. E as regras, até mesmo no quartel, adaptavam-se.

O hábil funcionário esperou o final da argumentação de Gibão. Prontificou- se, ele próprio, a entregar a encomenda. Assim eu não me ferro. Fica bom para nós dois.

Sei que o senhor entende. Gibão perseverou. Tratando só do jornal, estaria satisfeito. Mas precisava avaliar as condições de saúde do amigo. Doença de velho é foda. A glicose é traiçoeira. Requer atenção constante.

Com isso, o senhor não precisa se preocupar, retrucou o funcionário. Acabei de falar com o seu amigo, que estava tão bem que quase me grudou pelo pescoço quando o avisei que o bar deveria fechar por medida de segurança.

Ganso estava sentado, exatamente na mesma posição, só que do lado de dentro do bar, pernas esticadas, escutando Dona Luciana tocando piano, quando alguém bateu na pesada porta de ferro. O feirante não o deixaria na mão. Deu um jeito. Sabia dar jeito. Que figura, pensou. Do tipo que não se fazia mais. Sentiu que faltava força na perna para que se levantasse com celeridade. Ergueu a pesada porta de ferro custosamente. Não sei mais quanto tempo aguento com essa porra de peso, pensou.

O vulto do simpático funcionário que portava o jornal destacou-se na poeira. Antes de reconhecê-lo, descartou de imediato tratar-se de seu amigo. O corpo encoberto tinha a metade do volume quando comparado ao do feirante. E vestia máscaras, óculos e capacete. O amigo nunca usaria aquelas coisas, e nem podia. Imagina com aquela barba.

– Pediram que eu entregasse isso para o senhor.

8.

Avaliações posteriores indicaram que o desmaio ao final da audiência não poderia ser resumido a uma hipoglicemia ocasional. O médico das mãos delicadas, que aparecera de surpresa da primeira vez, já não era mais novidade no bar e demonstrava crescente preocupação com o estado de saúde de Ganso. Os antibióticos já não surtiam o efeito desejado. As últimas visitas vinham sempre acompanhadas da recomendação de que o paciente procurasse imediatamente um hospital. Uma pequena cirurgia na ponta do dedo a fim de evitar que a infecção se alastrasse. Vacinado de eufemismos daquele grau, desconfiadíssimo das intenções, Ganso ignorava explicitamente as recomendações. Aqueles títulos não serviam de nada. Quando soube da amizade do Mãos de Fada, essa era a alcunha do médico na boca pequena, com o filho dos olhos azuis, o que sobrava da confiança foi por água abaixo.

A sensação de armadilha que experimentara da primeira vez voltava à cabeça com todos os requintes possíveis. Tudo ficava claro. O plano do filho era levá-lo ao hospital para que arrancassem um pedaço do seu pé. O que, fatalmente, o impossibilitaria de se cuidar sozinho e implicaria na sua aposentadoria forçada, na entrega do bar, aquela porra toda que ele remoía, esmiuçava, conjecturava e regurgitava.

O que aqueles idiotas pensavam? Nunca deixaria que algum filho da puta tocasse no seu pé com outra finalidade que não fosse fazer um curativo. E só quem faria os curativos agora era a Dolores. Às vezes, até dela ele desconfiava.

9.

O feirante andava sumido. A frequência das aparições fora severamente afetada pelas numerosas interdições da rua. O jornal nunca deixou de ser entregue. Caso o amigo não o portasse pessoalmente, os meninos da construção encarregavam-se disso. A mando do comerciante, faziam sempre questão de ressaltar. Impossível saber a verdade. Eles mesmos diziam que o coroa de cabelos compridos se engraçara com a balconista de uma esfirraria, que às vezes caminhava pelo centro abraçado com algumas putas velhas, que sempre era visto alimentando os pombos.

Demonstrações públicas dos afetos, no centro da cidade, sob olhares maldosos, antes tão bem medidos, agora aproximavam sua exótica figura do lendário procurador, do general, do homem fantasiado de Santos Dumont, do velho maluco do bar do viaduto.

Os jogos de tranca estavam comprometidos desde que Chupim se mudara para a praia com a esposa. Por vezes, Gibão o visitava em busca da parceria. Mesmo que sempre aparecesse acompanhado de alguma amiga, faltava um jogador para a composição do quarteto. A variedade e a faixa etária das acompanhantes, sempre muito mais novas que o feirante, incomodavam a dona da casa, que se recusava a participar do quatrilho.

Em uma tarde de domingo, Gibão surgiu de repente, completamente bêbado, acompanhado da balconista da esfirraria. Dona Chupim assistia televisão e não fez nenhuma questão de demonstrar simpatia. Foi o próprio parceiro que fritou o peixe. O trio bebeu mais e até tentou inventar um jogo para que a ausência não fizesse tanta falta. O feirante mastigou uma dúzia de dentes de alho.

Gibão cambaleava, completamente alcoolizado, sem a menor condição de dirigir. Chupim ficou preocupado. Insistiu para que ficassem. Quartos não faltavam. O amigo esquivou-se. Não dependia só dele. A menina precisava trabalhar, não podia, compromisso.

A balconista assumiu a direção e subiu a serra com o feirante babando do seu lado. Estacionou em frente à lanchonete em que trabalhava. Ela ouvia os roncos do velho enquanto servia esfirras. Já era madrugada quando ela parou o carro na porta do condomínio do feirante. Tentou acordá-lo por duas vezes, sem sucesso. Decidiu deixá-lo dormindo dentro do carro e, para que não roubassem o carro com o velho dentro, resolveu levar a chave.

Gibão só acordou na manhã seguinte, com um vizinho batendo no vidro. O corpo todo dolorido. Sentiu vergonha. Teve de pedir ajuda para empurrar o carro e tirá-lo de frente do portão da garagem.

Os meninos da construção narraram o episódio para Ganso com tantos detalhes, da roupa do feirante às expressões da mulher, que só podiam ser testemunhas. O velho era foda. Bebia demais, comia alho, a menina podia ser sua neta. E riam, consagrando a cumplicidade típica da masculinidade e sua vocação condescendente.

10.

Imensos blocos de mármore eram retirados das valas com guindastes. Tratores trabalhavam tão profundamente que não era possível vê-los. O chão do bar tremia. A novidade agora eram as dinamites. Estouravam a qualquer hora.

Algumas trincas apareceram no ladrilho. O piso parecia oco. Ganso tentou reclamar muitas vezes. Era impossível localizar um responsável no meio daquela poeira. O barulho das máquinas abafava todo som. Aquele monte de sujeira grudando no curativo, entrando pelas narinas. Os olhos empastados.

A rua passava a maior parte do tempo interditada. Dolores cronometrava o tempo para ir ao mercado e conseguir voltar a tempo para casa. Uma vez perdeu a hora. Dez minutos. Não deixaram que ela passasse. Teve de esperar duas horas para que fosse autorizada a seguir. Insistiu, justificando que o companheiro a estava esperando para o almoço, que ele não podia ficar sem comer por conta da diabetes. Desculpe, senhora. São as bombas. Um perigo. Não tem outro jeito. O melhor é esperar, respondeu o segurança.

Ela gritava, xingava, gesticulava, sem que ninguém enxergasse. Até que se exaurisse completamente. A boca cheia de pó. Nem reclamar fazia mais.

Ganso esperou o feirante, que não veio. Aqueles filhos da puta não deixavam mais ele passar. Esperou a mulher para o almoço. Ela não chegou. Aqueles filhos da puta devem tê-la impedido de passar. Comeu uma fatia de pão integral com manteiga e um copo cheio de café amargo. Cansado de esperar, observou atentamente os veios dourados do balcão. Um tesouro. Os filhos da puta, a Rita que me perdoe, devem estar atrás do ouro. Alguém deve ter visto. Se algum deles aparecesse no bar, ele voaria em cima.

Passou a mão sobre a pedra. Sentia a temperatura agradável e uma maciez que contrastava com sua natureza. O dedo do pé latejava. Teve vontade de encostar o rosto. Pegou uma cadeira firme. Com muito cuidado, apoiando primeiro o pé que ainda estava em condições de algum esforço, usou a cadeira como escada e subiu no balcão. Primeiro ficou de pé, equilibrando-se. Viu o ladrilho do alto. A distância emprestava ao piso a aparência de um mapa. As trincas recentes eram rios. Como se estivesse no balão do programa de televisão. Os pássaros o acompanhavam.

Com firmeza, controlando a tontura que a viagem lhe causava, foi dobrando as pernas lentamente até ficar de joelhos. Apoiou as mãos ao lado do corpo, sentiu o intenso calor que vinha do mármore. Uma explosão fez com que o bar inteiro tremesse. Outra rachadura. Esperou que a vibração parasse. Esticou as pernas com dificuldade. Esfregou os joelhos ossudos. Aos poucos, reclinou o corpo e foi se deitando sobre a pedra. Por último, encostou a cabeça e pôde ouvir o som dos tratores, que se movimentavam sobre a terra. O contato com a pedra lhe trouxe um conforto que há muito tempo não sentia. Os músculos encheram-se de força, e o sangue fervia. Rejuvenescia.

11.

Foi Rita quem encontrou Ganso ardendo em febre deitado sobre o balcão, com o corpo coberto de poeira. Foi ela quem o amparou, colocou dentro do quarto, preparou um chá de cúrcuma, limão e alecrim e esperou que Dolores voltasse da casa da filha. Ela que também era enfermeira, que ajudaria nos curativos, que acompanharia Dolores durante tudo o que pressentia estar a caminho.

12.

Uísque com aquele barulho era uma merda. Degrau no boteco só podia ser armadilha. Melhor que tentasse no bar na beira do rio. Sempre a margem, mas era o mesmo rio que saía do centro da cidade, onde o veterano pescava, passava pelo bar e terminava na represa.

Gibão pegou a estrada que acompanhava o curso do rio. A solidão e a falta de utilidade, era assim que se enxergava, fizeram com que abandonasse grande parte das obrigações a que se prestava, entre as quais as homenagens mortuárias e as comidas. Não visitava a capela dedicada à memória do veterano há bastante tempo. Mas nunca deixava de se benzer quando passava em frente. Três vezes. Beijava a medalha de Jesus Cristo. Descanse em paz. Sempre que o mato estava alto, pagava alguém para que limpasse. De uns tempos para cá, até rezar andava rezando. Somava a reza às das carpideiras, das beatas e à de Rita, que também era de fé e rezava por ele e Esperança. Viu seus olhos encherem de água quando soube da morte da santa. Os seus encheram em retribuição. Enquanto distribuíam pipocas aos pombos.

A estrada agora se chamava oficialmente Estrada das Flores, em homenagem ao trabalho do velho japonês morto em combate. A delicadeza e a bravura do que não existia. Mesmo assim, justiça feita e reconhecimento à altura, enquanto o feirante estivesse vivo, ele cuidaria da capela. Pagaria alguém. Acenderiam velas. Limpariam.

Toda semana ele ia ao cemitério, mas não passava da porta. Subornava o funcionário com caquis, dinheiro, alho e amizade, para que o túmulo de Esperança estivesse sempre brilhante, florido. Como o quarto da casa de repouso, enquanto cabia, viveu cheio de flores.

13.

Sexta-feira. O pequeno músico vocifera Sílvio Caldas, acompanhado do piano de Dona Luciana. O menino, o dos olhos negros, que Rita chamava de anjo, envelhecia na caderneta. *A história dolorosa desse amor...* O doutor em prantos.

Qual chuva de prata de raríssimo esplendor... Os pássaros acompanhavam a melodia, o lamento saudoso do advogado, o medo da solidão do feirante, o envelhecer do dono do bar, a urgência de Dolores, o passado do cantor, o futuro de Celeste. Rasantes, precisos, em bandos. Esperaram que o veterano entornasse o amargo da carqueja, que Ganso comprasse o jornal. Que o feirante se benzesse e beijasse a medalha dourada.

14.

A menina nascera no terreiro de casa, sem reboco, sem forro, com a estrutura tomada de ninhos de pássaros. Centenas. Ficava difícil imaginar a intimidade que fora responsável pelo encaminhamento de sua vida. De cócoras, vestido erguido, sobre uma bacia, não demorou mais de vinte minutos para que a menina irrompesse naquele mundo, como se já fora crescida, sem choro nem testemunhas.

O pai apenas observou. Viu quando a menina escorregou para fora com os olhos já abertos. Enrolaram a menina em um tecido e a levaram para dentro da casa, em segurança, escoltados por uma revoada agitada.

Ela cresceu entre as flores e o silêncio. O único som que reconhecia era os cantos dos pássaros. Não falava nenhuma palavra quando foi encaminhada para a escola. A unidade de ensino ficava a cerca de três quilômetros da chácara e atendia a pequena comunidade rural de imigrantes japoneses. Antes de completar 8 anos, ela contornava a represa e seguia sozinha por entre as desertas estradas de terra, entre plantações de alface, caquis e tocas de coruja. As corujas a escoltavam.

O contato com as outras crianças e com os professores foi fundamental para que desconfiassem que a menina apresentava algum distúrbio articulatório, uma severa dificuldade de fala. As palavras não faziam muito sentido no universo habitado pelas plantas.

Mas a intimidade com os sons era impressionante. O professor de música não entendeu. Ela escutava e reproduzia as notas das músicas com uma precisão muito além da sua capacidade de compreensão. A menina muda reconhecia variações musicais que ele desconhecia. Era capaz de assoviar melodias inteiras só de escutar as primeiras notas.

No dia do seu desaparecimento para o mundo das palavras, o mundo das histórias contadas, a alvorada já havia dado sinal de suas intenções. As corujas amanheceram nas árvores próximas da casa.

A menina caminhou até a margem da represa. Os peixes a esperavam na beira. Ela dançou como sempre fazia. O seu reflexo nas águas turvas tomava conta de toda a superfície da água. O sol na linha do horizonte. Os pássaros retornaram. Conversaram. As aves respondiam, a menina cantava, reconhecia-se. Centenas deles cobriram o céu, esconderam o sol e o reflexo da menina foi aos poucos desaparecendo. Naquele instante, junto com a sua imagem refletida, a menina também sumiu com os pássaros.

15.

O bar não recebia mais sol. Em nenhuma época do ano, em nenhum horário do dia. Não fosse o corpo condicionado durante toda uma vida, não poderia definir se era dia. A sombra constante garantia uma noite sem fim. Tanto fazia. A lembrança do amanhecer vivia nele, e o bar clareava aos poucos, como sempre aconteceu e aconteceria, mesmo no escuro. A casa inteira tremia com o barulho dos veículos, que nunca paravam de trafegar sobre o viaduto. Aos poucos, o terremoto também seria incorporado à rotina e o som dos veículos desapareceria na música que só existia ali.

Um imenso viaduto, toneladas de ferro e concreto, quatro pistas, alta velocidade, caminhões enormes. Um gigantesco exaustor ocupava a parte de cima da estrutura de concreto que atravessava o tempo.

O prefeito adorava inaugurações. Com todas as pompas, fogos de artifício, faixa cortada e muita propaganda. As lentes apropriadas à fotografia de quadro amplo, espetaculares, de viadutos na contraluz, de fogos reluzentes sobre a cabeça coroada do embaixador do progresso. O hino da cidade executado pela banda da polícia militar, aliás, os únicos que conheciam as notas da melodia do século passado que versava sobre a importância das raízes e das tradições. Do povo heroico, desbravador. Um povo do passado, do café, da mata e do rio que cortava a cidade.

Das matas, o que sobrava era a floresta inventada. Não sobrara um pé de café. Do rio que cortava a cidade, sobravam as enchentes e uma represa, uma vila inundada. O ilustríssimo representante do poder executivo, autoridade máxima, discursou durante quarenta minutos sobre a necessidade de evoluir constantemente, de fazer pontes, ordem e progresso.

– Já dizia meu bisavô, pioneiro nestas terras, sobre a importância do progresso, agora representado na imensidão desse viaduto. Um viaduto moderno, à moda antiga. Viaduto Geraldo Firmino de Albuquerque Jardim. General Jardim. A luta dos grandes heróis do passado, suas causas atemporais e sua eternização através do progresso – concluiu, sob aplausos, o digníssimo prefeito.

O impressionante jogo retórico do ilustríssimo bisneto, seu talento para a lógica e a oratória, sua veia bandeirante e desbravadora, sua filosofia aristotélica, lhe renderam, ainda em vida, uma réplica de *O Pensador*, toda em cobre de fios de eletricidade, com seu rosto talentosamente esculpido, de doze metros de altura, em um dos extremos do viaduto. No outro, seu bisavô, de farda e rifle em punho, mirava em direção à entrada da cidade. Um guardião. A semelhança entre as duas caras, dele para ele mesmo, quatro gerações de bravura, sempre foram parecidos, era inegável.

Da porta do bar, a vista resumia-se a um pilar, uma alça de acesso e uma escada de vergalhão. A parte de baixo do viaduto fora toda cimentada com pedras pontiagudas, para que não acabasse servindo de abrigo para quem precisasse se esconder do frio e da chuva. Como homenagem ao empreendedorismo e ao progresso, o visionário político deixou alguns tratores cimentados em pedestais de concreto para representar a intensidade do trabalho realizado. Comprar os tratores e chumbá-los no chão era mais barato do que contratar um dos escultores da prefeitura para representá-los com as peças recicladas de um trator que já não funcionasse.

16.

Ganso despertou a qualquer hora de uma boa noite de sono. Caminhou até onde, antigamente, ficava a banca do seu amigo. Voltou com o jornal nas mãos e viu-se sentado de pernas esticadas ao lado do feirante, ambos brancos de pó. Sentiu saudade do amigo. A vitalidade do amigo se esvanecera com a morte de Esperança. Ou o abandono de Celeste, que rejuvenescia os dois. Talvez a culpa fosse dela. Sentou-se onde sempre esteve sentado, com o amigo de antes dos encerramentos, e comentou sobre a porra do pé, que doía demais.

Os pássaros em bando migraram para fora e agora nidificavam nas ruínas. Visto do alto, de onde os carros aceleravam com muita pressa, o bar não passava de uma ruína. Os pássaros também não podiam ser vistos do alto. Sobre o voo, havia as nuvens. E a escuridão, que se arremessava para baixo, transformava o passado em uma sombra assustadora.

Sobre o viaduto que ele acusava de desnecessário, com as sirenes ligadas, o carro do corpo de bombeiros desfilava com o seu corpo sem vida, sem que ninguém desconfiasse. Sem testemunhas, o que o deixava profundamente aliviado. Os pés enormes. Via com os olhos do pássaro que ele também era. Do alto. Do outro. Exatamente como no sonho.

17.

O bar estava fechado no dia de nossa última visita, o que nos leva a crer, segundo nossas próprias observações, lá no início deste livro, que se tratava de um feriado de Natal, o "dia da espera".

Ganso esperava as visitas que, em breve, chegariam, trazendo os presentes inúteis. O relógio marcando o mesmo horário. Quem sabe alguns sabonetes, meias, cuecas, camisetas, chocolates dietéticos, porta-retratos.

Em sua caderneta de envelhecimento, nada mudaria naquele ano. Os convidados que não eram continuavam exatamente com a mesma cara da última vez. Tentou observar qualquer mudança no rosto do filho. Até o seu olhar era o mesmo da última vez que o vira, no dia de sua despedida. Mas ele estava lá. O outro aparecera, com seus indescritíveis olhos azuis. Vestia as mesmas roupas que usava da última vez que esteve no bar, com aquela conversa mole de segurança, tranquilidade e aposentadoria. Celeste, que, assim como os outros, agora compunha o time das visitas indesejáveis e pontuais do fim do ano, carregava a mesma mala de quando saiu de casa. O comendador, em sua segunda visita. E que se fodam os comendadores, ou seja lá o que aquela bobagem queria dizer.

Só Rita mudara. Aparecia jovem, pernas lindas, a nitidez do amor tatuado nos dedos, os saltos altíssimos, a boca de engolir o mundo, o pecado de não se saber por quê. Os cigarros constantes, os conhaques no gargalo. O mesmo gosto nos seios, o mesmo suor ácido, o mesmo cheiro vivo e incandescente. Como quando se amaram da última vez, como dormiram abraçados, como sentiu na sua boca o gosto da própria, como se sentira vivo e poderoso nos gemidos ensaiados. Quando ela se sentia viva e poderosa no ensaio dos seus gemidos.

O fato é que a pesada porta de ferro permaneceu abaixada, e a rua estava surpreendentemente limpa, sem pó. A única diferença entre esse dia e os outros dias de espera era que os pássaros haviam desaparecido. Um monumento de mármore, que sempre estivera aí, tão diferente dos ferros retorcidos que marcavam as outras homenagens e o viaduto. Sem inauguração. Mas as comemorações do nascimento se repetiriam todos os anos, no mesmo histórico e celebrado dia, mesmo que a data da morte já fosse publicamente conhecida e lamentada.

Ernesto Stock

nasceu em Santos em 1978. Estudou Audiovisual na Universidade de São Paulo e desde 2000 vem desenvolvendo trabalhos e pesquisas relacionadas à preservação, restauração e memória. Motivado por essas reflexões, recorre à literatura para investigar os limites entre a realidade e a ficção. Ateu não praticante, filho de xangô, acredita na verdade dos gatos e na sacralidade dos bares. *O outro das flores* é seu segundo romance.

PROFAC

Programa de Fomento à Arte e Cultura - **Mogi das Cruzes**

PREFEITURA DE

MOGI DAS CRUZES

Edição Bruno Zeni
Capa e projeto gráfico Sílvia Nastari
Diagramação Rafael Marcon
Revisão Sâmia Rios e Bruno Zeni
Ilustração de capa: © Andreza Teixeira

Dados Internacionais de Catalogação na Publicação (CIP)
(Laura Emilia da Silva Siqueira CRB 8-8127)

Stock, Ernesto.
O outro das flores / Ernesto Stock; ilustração da capa, Andreza Teixeira; texto da orelha, Sâmia Rios.
1ª ed. – São Paulo: Editora Quelônio, 2024. 216p.; 13 x 20 cm.

ISBN 978-65-87790-84-8

1. Ficção: Literatura brasileira 2. Literatura brasileira: romance
I. Stock, Ernesto.

13-202412 CDD 869.93

Índices para catálogo sistemático:
1. Ficção: Literatura brasileira
2. Literatura brasileira: romance
869.93

Editora Quelônio

Rua Venâncio Aires, 1072
Vila Pompeia
05024-030
São Paulo - SP
www.quelonio.com.br

Fontes: Artigo e Utopia Std
Papéis: Cartão Supremo 250 g/m²
e Pólen Bold 90 g/m²
Impressão: Rettec
Tiragem: 500 exemplares.
São Paulo, setembro de 2024